23ª edição

Telma Guimarães Castro Andrade

Redações perigosas

Ilustrações: Marilia Pirillo

Conforme a nova ortografia

At
Edit

CB026681

Série **Entre Linhas**

Editor • Henrique Félix
Assistente editorial • Jacqueline F. de Barros
Revisão • Pedro Cunha Jr. (coord.)/Célia Camargo/Solange Gonçalves
  Edilene Santos/Camila Santana/Alexandra Costa

Gerente de arte • Nair de Medeiros Barbosa
Supervisão de arte • José Maria de Oliveira
Diagramação • José Aparecido de Oliveira
Projeto gráfico de capa e miolo • Homem de Melo & Troia Design
Coordenação eletrônica • Silvia Regina E. Almeida
Produtor gráfico • Rogério Strelciuc
Impressão e acabamento • Bartira

Suplemento de leitura e projeto de trabalho interdisciplinar • Isabel Cabral
Preparação de textos • Edilene Santos

Dados Internacionais de Catalogação na Publicação (CIP)

Andrade, Telma Guimarães Castro
    Redações perigosas / Telma Guimarães Castro Andrade ;
ilustrações Marilia Pirillo. – 23ª ed. – São Paulo : Atual,
2009. – (Entre Linhas : Mistério)

    Inclui roteiro de leitura
    ISBN 978-85-357-0658-1

    1. Literatura infantojuvenil I. Pirillo, Marilia.
II. Título. III. Série.

                                        CDD-028.5

Índices para catálogo sistemático:

    1. Literatura infantojuvenil   028.5
    2. Literatura juvenil   028.5

Sumário

A "dona" de História

Entrei na classe. Se você pensa que eu estava me sentindo muito à vontade, está enganado(a). Também era a primeira vez para mim... Pelo menos nessa classe. Depois da primeira aula, viria a segunda, a terceira, a quarta, a quinta. Mas era a primeira, e eu olhava para meus (ainda não os sentia meus) alunos, e eles olhavam para mim.

Primeiro dia de aula sempre era tão difícil! Parecia que eles estavam me examinando, testando, vendo se eu tinha cara de professora "mal-amada", do fígado ruim, aquela que não dá nota nem matando, que deixa todos de recuperação. Talvez tivesse uma vesícula preguiçosa e deixasse de recuperação quem tivesse D. Mas era só.

Resolvi me apresentar para a classe: primeiro D — Tarde.

— Sou a Rosemeire, professora de História. Vou substituir a dona Luzia, que está em licença-maternidade.

Ouvi um tenebroso "Ah, que pena!"...

— A senhora marca prova logo no primeiro dia depois das férias de julho, dona?

— Qual é o nome da senhora, mesmo, dona?

— A senhora dá trabalho? Pesquisa de biblioteca?

— Dá ponto positivo?

— Vai continuar com o mesmo livro ou vai mudar?

— Se tiver de comprar outro livro, meu pai me mata...

Fui ficando nervosa. Decidi falar meu nome de novo.

— Bem, meu nome é Rosemeire. Antes de qualquer coisa, já que estamos voltando das férias de julho, gostaria de conhecer um pouquinho de cada um... Já que somos novos um para o outro, quer dizer, eu sou nova pra vocês, vocês também o são pra mim. Tirem uma folha do caderno. Gostaria que vocês escrevessem sobre o que fizeram, se viajaram, o que aconteceu nesses dias que ficaram longe, enfim, o que quiserem... Coloquem um título bem sugestivo.

Pronto. Já tinha falado. Ouvi um monte de "Ih, coisa mais besta", "Só me faltava essa", "Essa dona é pancada... Pegou mania de professor de Português!", "Ela quer espionar a nossa vida?", "Encheção de linguiça... Depois reclama que professor ganha pouco... Tem de ganhar, mesmo... Matando aula com redação sobre férias!", "Será que ela tá pensando que tenho muita coisa pra contar?".

— Vai ter de colocar o nome?

Esse realmente me acordou.

— Dez linhas tá bom?

Essa me deixou em órbita, novamente.

— Não há mínimo nem máximo, gente.

Aí, já que não mudei de ideia, os alunos começaram a escrever.

O que era "o que você fez nas férias?", "tava chato", "foi ótimo", e todo aquele movimento e barulho de primeiro dia de aula agravado por uma professora nova no pedaço, foi acalmado, em termos, por um glorioso silêncio de quarenta minutos (havia gasto dez minutos, desde que o sinal batera).

Enquanto fazia a chamada, o mais baixo possível para não quebrar o clima, fui dando uma espiada nos alunos. Impossível querer memorizar o nome da moçada. Era preciso um tempo... Nada de números. Se tinha uma coisa que sempre me chateou, quando era aluna, era ser chamada por "trinta e dois", "vinte e sete", quando não ouvíamos o professor repetir: "O quinze não vem mais?", "Ih, esse dezenove dá um trabalho!"... É lógico que sempre existiam aqueles que faziam um extremo esforço e que, depois de algum tempo, acabavam aprendendo. Me lembrei da professora Therezinha, que havia dado aula de História para nossa classe de primeiro ano, na faculdade. Conseguiu, depois de pouquíssimo tempo, memorizar os nossos nomes.

Os alunos iam escrevendo, eu ia folheando o livro de História que a professora Luzia havia adotado. Olhei a data: fevereiro de 2004. Se estávamos em agosto de 2005 e era o mesmo livro, pelo que ela havia falado, provavelmente seria usado até 2006. Dei uma espiada no capítulo 13: Canudos. De novo lembrei da dona Therezinha e do "seu" Antônio Conselheiro. Nossa sala estava abafada e, apesar do friozinho lá fora, todo mundo se abanava. Uns pareciam querer cochilar, outros rabiscavam papéis, trocavam bilhetes. De repente, me revi aluna, dona Therezinha falando:

"1893. Tarde sufocante, ar parado, como hoje. A feira de Bom Conselho, na Bahia, parece mesmo uma cidade ambulante esperando concluir seus negócios para partir. Há de tudo: chapéus de couro, arreios, fumo, feijão, milho, peles, rapaduras, queijo de coalho, garrafas de mel e manteiga, espingardas, punhais e rosários, estampas de santos, cascas de pau, redes, farinhas. Toda a matutada parece ter saído à rua, roupa de brim e alpercatas. As crianças correm para cá e para lá, as cabras se misturam às crianças. Um tipo de camisolão azul começa a falar do reino de Deus. Não é fácil se aproximar dele, tanta gente que o rodeia, completamente seduzida pelas suas palavras, seu olhar penetrante, a cara ossuda, a cabeleira cheia de piolhos a passear muito tranquilamente.

— Deus é grande! — afirma ele.

— De que tamanho? — pergunta um sujeito.

Antônio Conselheiro fulmina o espertinho com um olhar de víbora. E antes que os crentes o façam em pedaços ele unta sebo às canelas. O Conselheiro começa a falar contra impostos municipais. Enquanto falava, um devoto ia amontoando papéis à sua frente. O Conselheiro ergue o cajado do romeiro e, a este sinal, ele acende uma fogueira: os editais de cobrança de impostos, que ficavam afixados à porta das Casas da Câmara, começam a arder. Do outro lado da praça chega a voz de um cego: 'O irmão que vai passando, veja lá, repare bem, quando Deus pediu esmola, foi pra nóis pedir também'."*

A cada frase que ela lia, o interesse ia aumentando. Um começou a fazer perguntas, o outro emendou no primeiro e assim foi. O que era desinteresse virou interesse, o que era sono e calor virou acordado e acalorado na discussão, e até na risada meio nervosa. Deus era grande, sim... e haveria de me dar muita paciência, porque, pelo ritmo da classe, alguns estavam escrevendo uma tese!

O sinal bateu. Levei um susto. Estivera perdida no tempo. Ouvi um "já bateu?" em coro. O representante de classe, que se identificou por "número 22 — representante de classe", pediu para recolher as redações. Concordei, agradeci, me despedi de todos, tirei meu material da mesa e fui procurar minha segunda classe, agora na certeza de que faria o mesmo pedido: a redação.

Uma aluna no corredor foi logo me barrando:

— A senhora é a nova "dona" de Contabilidade?

* Os trechos assinalados com asterisco foram retirados do livro *História do Brasil*, de Joel Rufino dos Santos, da Marco Editorial, 1979.

— Não — respondi. — Sou a nova professora de História.

Aproveitei a "barrada no baile do corredor" e pedi "instruções de viagem": primeiro Contabilidade E.

Fácil. Entrei na classe, me apresentei e fiz o mesmo pedido. Depois de muitos "ohs", "vichs", "ihs", começaram.

Fui andando pela sala, observando atentamente cada aluno, o modo como estavam sentados, como escreviam. Alguns estavam com os pés para fora dos tênis, outros haviam rasgado as calças, escrito nas camisetas. Alguns ainda estavam olhando para o papel em branco, outros ensaiavam as primeiras frases. Não querendo inibi-los, sentei-me à escrivaninha. Bem, não era o que se pode dizer "escrivaninha". Era uma mesa muito gasta, já sem a sua tinta original, muito rabiscada de azul e vermelho *forever*. A cadeira não tinha encosto e era de assento mais baixo do que as dos alunos, como pude reparar. Paciência. Ninguém era perfeito, muito menos mesas e cadeiras de um colégio estadual.

— Professora! — um aluno me chamou.

— Sim? — respondi.

— A senhora quer "minhas férias-ficção", ou "minhas férias-realidade"?

Essa me pegou de jeito.

— Prefiro a realidade!... — sugeri. — Mas é evidente que é permitido sonhar... — continuei. — Só que em outra oportunidade!

A aula voou! Num minuto, o sinal já estava batendo, e eu pedi que os alunos entregassem as redações. Antes de sair, uma aluna perguntou:

— A senhora gosta que chame de dona?

Dei risada. Não, eu não gostava nem um pingo. Mas também, se alguém chamasse, eu não ia morder nem arrancar pedaço. A aluna riu.

A terceira aula era no primeiro Contabilidade F. Não foi difícil encontrá-la: peguei uma carona com o professor Raimundo, de Biologia, que daria aula bem ao lado da minha classe.

— Essa não é moleza! — ele avisou. — Não estão muito bem de nota comigo, falam muito, alguns alunos jogam o lixo no chão, por mais que você peça para que usem o cesto de lixo.

"Mais uma classe sem cesto de lixo!...", pensei. Onde o Estado gasta todo o dinheiro? Não em lixos, com certeza!

Parei, assim que pus o pé direito no degrau da classe. O tumulto era geral. Uma barulheira terrível, papéis e sacos de salgadinhos por todo o chão.

Inútil pensar que ali alguém ouviria o meu boa-tarde ou o "eu sou a professora substituta" ou qualquer outra coisa... Ninguém me ouviria. Resolvi colocar meu material sobre a outra escrivaninha, tirei um giz da sacola de plástico (precisava comprar uma caixinha de giz, dessas de madeira, rápido!) e comecei a escrever na lousa (reparei que não havia porta-giz na lousa):

SOU A ROSEMEIRE — PROFESSORA
DE HISTÓRIA — SUBSTITUINDO A DONA LUZIA
ATÉ O FINAL DO ANO. ESPERO QUE TENHAM NOTADO
QUE ENTREI NA CLASSE E QUE ESTOU ESCREVENDO
NA LOUSA. ANTES QUE PERGUNTEM, NÃO COSTUMO
MARCAR PROVAS NO PRIMEIRO DIA DE AULA.
QUEIRAM, POR GENTILEZA, TOMAR OS SEUS LUGARES,
PEGAR UMA FOLHA EM BRANCO, UMA CANETA,
E ESCREVER (TEMPO MÁXIMO: 45 MINUTOS E
38 SEGUNDOS) SOBRE O QUE FIZERAM
NAS FÉRIAS DE JULHO. COLOQUEM O NOME
APENAS SE QUISEREM. JÁ!

Os "38" segundos tinham sido apenas uma brincadeira, mas o que escrevi na lousa surtira efeito na moçada. Foram sentando, tirando folhas e começando a escrever. Passara o primeiro impacto. Aos poucos, quando cada um se levantava e vinha entregar a redação, perguntava:

— A senhora vai ficar até o fim do ano?

— Costuma dar muita coisa na recuperação?

— Dá trabalho pra fazer em casa?

— Tem muita pesquisa, é?

— O que a senhora tá pretendendo com isso?

Ia respondendo a cada uma das perguntas:

Sim, eu ia ficar até o final do ano; sim, eu costumava dar bastante matéria ou "coisa" na recuperação, já que tínhamos a semana de recuperação, que era única e especificamente para esse fim; quanto a trabalhos em casa, eu realmente ainda não sabia. Achava que trabalhos, principalmente em grupos, eram feitos sempre por um ou dois elementos do grupo, sendo que o resto ficava meio "no mole"; quanto a pesquisas, gostava de solicitá-las, sim, mas, se possível, dependendo do tema, *in loco*, ou na biblioteca; com isso, eu estava aprendendo a conhecer melhor os alunos, o que fizeram, etc. e tal.

Um aluno, nessa hora, perguntou lá do fundão da classe:

— Se queria simplesmente saber como a gente era, por que não pediu que escrevêssemos sobre nós em vez de solicitar uma redação sobre as férias?

Bom, expliquei que "como eles eram realmente", até o final do ano daria para saber um pouquinho, pelo menos. Se eu tivesse pedido uma redação assim, não teria certeza se escreveriam o "que são" do ponto de vista deles mesmos, ao passo que, numa redação do tipo mais sem compromisso, aparentemente, eles diriam, sem muitos dramas, um pouquinho de si. E era só o que queria saber. Ou tudo...

Deu certo. Foram entregando suas redações, parando sempre para um papinho na hora da entrega.

Sinal no ouvido, quase fui atropelada pelos alunos. Fui à sala dos professores, depois de me perder por três vezes no mesmo corredor.

Intervalo. Toalete. Café!

O banheiro das professoras estava extremamente limpo. Estranhei a falta do papel-lixa-grossa de sempre. Uma das professoras me disse que cada um tem levado o seu "suave" porque é só alguém colocar um rolo novo para que ele desapareça em seguida. Muito chato.

Depois de lavar as mãos, fui para a sala dos professores. Não havia café. Chá... Por sinal, doce demais para o meu bico. Uma das professoras de Inglês, a Rosa, muito simpática, estava recolhendo o dinheiro do chá.

— Mês que vem faremos a "vaquinha do café", tudo bem?

Ela aproveitou e me apresentou para os outros professores.

Um dos professores estava pacientemente mostrando seus artigos do Paraguai:

— Sabe como é, né?... Só esse ordenado não dá!

Me interessei por algumas coisas: uma caneta imitação da Montblanc; um papai-noel a pilha, com um sino na mão; perfumes deliciosamente falsificados; batons de todas as cores; espelhinhos de bolsa; porta-batons com luzinha, para usar em ambientes saudáveis e escuros; meias para tênis e mais uma porção de miudezas.

Fiquei conversando com os professores até que chegou mais uma professora vendendo "sobrevivência": bijuterias chapeadas a ouro. Desenrolou o mostruário e foi mostrando joia por joia, pacientemente. Uns olhavam, outros conferiam os canhotos dos talões de cheques, um ou outro fazia encomenda, mas a maioria, assim como eu, exclamou um "que lindo!", ficando por isso mesmo.

Descobri, por acaso, que uma das professoras de Matemática morava mais ou menos perto de casa. Me ofereceu uma carona quando o nosso horário "batesse", e eu aceitei. Um passe de ônibus a menos, de vez em quando... *Meno male...* Como dizia meu avô.

Doce-amiga-campainha.

Antes de sair, Rosa me ofereceu um canto no seu armário, para que eu guardasse as cadernetas.

Aula vaga. Aproveitei para colocar as cadernetas em ordem. Conferi meu horário: segunda: primeiro Contabilidade D, primeiro Contabilidade E, primeiro Contabilidade F, aula vaga, primeiro Contabilidade D; quarta: primeiro Cont. G, primeiro Cont. D, aula-atividade, primeiro Cont. F, primeiro Cont. E; quinta: primeiro Cont. F, primeiro Cont. G, atividade, primeiro Cont. E, primeiro Cont. G. Terças e sextas à tarde livres, todas as manhãs livres. Tudo bem quanto às manhãs, já que eu tinha meus alunos particulares e deles não abriria nem mão nem pé, a não ser que eles quisessem... Mas duas tardes livres... Gostaria muito de ter ficado com todas as aulas da Luzia do período da tarde... mas, paciência. Outra professora estava na minha frente.

Enquanto o sinal não batia, dei uma olhada numa das redações. Puxa, que redação mais boboca! Bem, melhor cinco linhas do que nada. Sinal.

Outra aula no Contabilidade D. Pessoal mais calmo, a aula voou. Até que pareciam interessados. Tomara que eu não me enganasse. Estavam mesmo interessadíssimos. Campainha chata. Tocou numa parte tão importante! Paciência. Quarta-feira teria mais.

•

"A dama do lotação". Eu mesma. Ônibus lotado era comigo. Assim que desci do ônibus, fui para casa. Elevador quebrado, para variar. Subi os onze andares e fui direto pro chuveiro. Saí do banheiro e dei uma espiada na geladeira: última fatia de pão de fôrma, margarina marca "a mais barata" no fim e mais nada. Chá de erva-doce e goiabada no finalzinho não combinavam nem um pouco, mas eu não me importei. Meu estômago é que sim!... Cansada, escovei os dentes, sequei o cabelo e desmaiei. Acho que na cama, com colcha e tudo.

Levantei cedo, fiz as coisas de sempre. Vesti roupa de briga, dei uma geral no apartamento. Resolvi tirar as cortinas. Droga. Estavam rasgadas. Deixei-as de molho no tanque. Enquanto acabava a arrumação e *faxinação* ao som de *Fascinação* mesmo, ouvi a campainha. Era o Felipe, meu aluno particular de uma escola particular.

— Cheguei cedo? — ele perguntou.

— Não, Ipe. Vai sentando que eu já volto.

Bendito Ipe que me "aliviava o sufoco".

Tivemos uma aula agradável. Pelo menos eu achei que tinha sido. Estávamos num capítulo muito interessante: "Os Aciolis do Ceará" (ou o Ceará dos Aciolis?), em "A República oligárquica e conservadora".

"A família Acioli reinou no Ceará vinte e três anos. Eis a composição de um dos governos: Presidente: Nogueira Acioli; Secretário do Interior: José Acioli; Diretor da Academia de Direito: Nogueira Acioli; Diretor da Escola Normal: Tomás Pompeu (sobrinho de Acioli); Diretor de Higiene Pública: Meton de Alencar (cunhado de um filho de Acioli); Procurador Fiscal da Fazenda: Antonio Acioli; Comandante do Batalhão de Segurança: Raimundo Borges (genro de Acioli); Diretor dos Correios: José Pinto (primo de Acioli); Diretor da Inspeção Veterinária: Tomás Pompeu (sobrinho de Acioli); Deputados no Ceará: nove Aciolis. Senadores pelo Ceará: dois Aciolis. Deputados pelo Ceará, na Câmara Federal: dois Aciolis."

— Será que nossos políticos se inspiraram nessa época, Rosemeire? — Ipe perguntou, dando risada.

— O que você acha? — respondi, com outra pergunta.

Rimos.

Para minha felicidade, depois de rever um ou outro capítulo, Felipe me pagou os dias de aula de julho. Os dele e os de seu colega Evandro. O almoço estaria garantido por uns dias. Terça-feira mais gordinha.

A campainha tocou. Carlos, meu vizinho. Puxa, fiquei sem graça toda vida. Ele estava dando risada. Pra falar a verdade, estava morrendo de rir. Queria o ferro emprestado.

— Vou dar uma aula em Santos às quatro horas e preciso dar uma passada nessa camisa. Acontece que meu ferro está no conserto!... — ele explicou.

Carlos estava sem camisa! Achei muito desagradável abrir a porta para um cara sem camisa, ainda mais que eu estava começando a sentir uma agradável/desagradável atração por ele. Emprestei-lhe o ferro, com "dois vês", na sensação de que, se ele tinha devolvido um livro meu assim que mudara pra cá, devolveria o ferro também.

Assim que Carlos saiu, parti para o supermercado Pag-Pouco (e leve menos ainda) para garantir meu almoço. Estava tudo muito caro. Voltei com quatro sacolinhas pela metade e completamente chocada.

Depois do almoço, cozinha arrumada, roupa lavada, olhei a pilha de redações. Leria no dia seguinte.

Nem bem levantei e já tomei um chá com torradas secas. Precisava economizar a margarina-promoção-ganhe-uma-bicicleta. Fiquei pensando em realmente arrumar mais alunos particulares. Falaria com os três... Quem sabe fizessem uma boa propaganda minha em suas escolas. Bom, estava em São Paulo havia apenas dois meses e tinha pelo menos um "esboço" de emprego. Preparei aulas, corri com um monte de coisas, fiz um sanduíche rápido, coloquei-o na bolsa e fui para a escola. Peguei meu "dama do lotação". Achei ter visto alguns dos meus alunos no meu ônibus. Resolvi comer metade do meu sanduíche ali mesmo. Cheguei atrasada. Quase não tive tempo de conversar com o pessoal na sala dos professores. O armário que me arrumaram (fiquei com pena de atrapalhar a Rosa) estava parecendo meu guarda-roupa: caindo aos pedaços e sem chave. Coloquei as capas nas cadernetas e pedi giz colorido. Alguém riu. Perguntei por apagador. Vários riram. Não me atreveria a falar em retroprojetor. Falta de educação. Não. Não deles, que riram de nervoso. Falta de verba na Educação para coisas tão óbvias era mesmo uma falta de educação. Acabei achando giz branco e um pedaço de esponja numa caixa de papelão marca "Progresso".

Os alunos estavam meio alvoroçados. Síndrome de sexta-feira em plena quarta?

Ataquei de redação no Contabilidade G. Era a última classe que faltava.

Assim que entrei, a classe ficou muda, para meu espanto. Pude até notar um ar de gozação na carinha deles.

Resolvi mudar a técnica. Daria aula normalmente.

Me apresentei, fiz a chamada e pedi para que abrissem o caderno.

Pude ouvir um glorioso "Ah!", que, de uma certa forma, me soou a decepção.

– A senhora não vai pedir a redação sobre as férias? – um aluno perguntou.

– Agora, por favor, tirem uma folha e comecem a escrever como foram suas férias.

Pronto. Suspiro geral, e a classe, com um certo "alívio", começou a escrever o que tinha feito... Ou não.

O sinal tocou. Quase fui atropelada por uma enxurrada de folhas sobre o meu diário de classe, ouvi trinta e tantos "até logo" e saí rumo ao Contabilidade D.

Escola, casa, comida, tevê, banho, cama.

Acordei cedinho. Dei minha aula particular para a Camila, que, para a minha sorte, trouxera uma amiga e uma prima. Estava salva.

A campainha tocou às onze horas, assim que as três saíram. Era o Carlos.

– Vim devolver o ferro...

– Tudo bem – respondi.

– Vou fazer um espaguete especial hoje à noite. Gostaria que você viesse.

– Alguma festa? – perguntei.

– Não, nada especial.

Fiquei sem jeito. Parecia um convite meio camuflado, a gente nem se conhecia direito. Pensei mais um pouco... Um livro emprestado, devolvido, mais um não sei o quê, um ferro, um bate-papo no elevador. Quinta-feira magra, como sempre?... Não, não. Em princípio não topei.

Engoli um sei lá o quê e voei para a escola. Os alunos estavam "atacados". Primeira aula e queriam que eu comprasse uma rifa de um aparelho de CD para ajudar um aluno do terceiro ano que sofrera um acidente de moto. Havia mais de um mês que estava em estado comatoso na UTI da Santa Casa. Contei os trocados. Não tinha como negar. Ficaria sem o lanche do barzinho da escola. Paciência.

Comecei a aula. Um aluno disparou: "Quantas horas por dia os empregados brasileiros trabalhavam em 1906?". Esse parecia querer me testar. Talvez não. Expliquei: "Mais ou menos treze horas, com mais uma hora de almoço, o que perfazia catorze horas. Quanto ganhavam? Em 1907, 6$000 (seis mil-réis). Muito ou pouco na época? Se um quilo de farinha de trigo custava 10$000 (dez mil-réis), com o salário de um dia o operário não comprava um quilo de farinha de trigo nunquinha. Havia favelas? Ouvi uma porção de 'duvido'. Sim, em 1906, já havia favelas no Rio de Janeiro e em São Paulo".

Percebi que os alunos eram ávidos por informações sobre a história passada para que a comparassem com a história de hoje. Tive realmente uma tarde puxada.

Quando cheguei em casa, despenquei. "O jantar!", lembrei. Tomei um banho, me arrumei e criei coragem para dizer que teria as redações para ler. Não resisti. O cheiro estava ótimo. Ouvi uma voz de criança lá da porta.

— Tio! É essa a sua vizinha professora?

Ele estava com a sobrinha de sete anos. Uma graça!

Descobri que o Carlos cozinha muito bem, é bom tio, tem um apartamento bem organizado. Mais que o meu. "Espaguete ao *triplo burro*". Burra era eu. Paciência, estava com sono e acabei desperdiçando o fim de noite na cama, cansada. Cansada ou com medo de me enroscar no vizinho? A segunda hipótese era a mais provável!

Dei um salto da cama logo cedo. Aulas particulares e "bico de digitação". Até que o zelador estava sendo simpático. Quando comentei com ele que eu estava precisando de um bico, ele me arrumou um trabalho para ser digitado. Dei graças a Deus... E ao seu José Carlos.

Estava ficando craque em saltar da cama logo cedo. Precisava pagar as contas na segunda-feira, dia doze. Esqueci de ligar para os meus pais. Resolvi tocar do orelhão da esquina, a cobrar. Mamãe e papai estavam loucos para me contar a notícia: meu irmão era pai de uma menina. Nascera de parto normal e pesava três quilos e novecentos e oitenta gramas. Minha cunhada estava bem. Mamãe havia mandado um *ajutório* via correio, como nos outros dois meses. Enquanto falava com papai, pude ver o meu vizinho com uma jaqueta de couro, conversando com um rapaz de jeito esquisito. Tinha uma enorme cicatriz na face direita e puxava o cigarro de forma estranha. Quando saiu, empinou a moto, gritando:

— Não vai dar balão, hein, *brother*?

Ainda bem que não me viu. Entrei rapidinho. Esquisito...

Domingo. Estava me ajeitando para começar a ler as redações, quando ouvi um estouro. O ferro de passar roupa! Deixara ligado! Como é que não sentira o cheiro de queimado? Devo ter perdido o olfato em algum lugar do passado. Ganhei uma dor de cabeça tenebrosa! As redações tornaram a dançar.

Segunda com contas. Precisei suspender meus alunos particulares. Paciência. Eles poderiam esperar. As contas não.

Fui para a escola num ônibus lotado, para variar. Um dia ainda hei de andar num veículo mais vazio, com o motorista e o cobrador só para mim. Marquei provas, dei leituras e resumos. Não estava muito para papo. Uma dor de cabeça estava tentando me trucidar.

De noite ouvi uns ruídos bem estranhos no meu vizinho. Devia ser minha cabeça.

Amanheci bem melhor. Dei minhas aulas particulares, almocei, dei um jeito nas mãos, que estavam ressecadas com o giz marca sem-educação, e digitei praticamente o resto do dia. Acabei o trabalho para lá de duas da manhã.

Aula particular com a cabeça estourando. Engoli uma espécie de almoço e quando saí para pegar o elevador: surpresa!... Quebrado. Atrasada na escola.

Os meus alunos me cobraram as redações, com toda a razão!

Fui para casa e depois de um banho divino e um projeto de jantar tenebroso, comecei...

Quanta confusão!

Férias frustradas

Deu tudo errado nessas férias. Ia para a casa dos meus tios em Santos, mas não deu certo. Fiquei em casa o tempo todo, tinha de acordar cedo pra ajudar minha mãe, e nem dava pra aproveitar e ficar dormindo até tarde, porque ela me acordava pra ajudar a fazer um monte de coisa. Vi Sessão da Tarde todas as tardes. De noite ia na casa da Ângela, que é minha melhor amiga, e ficava conversando com ela. Tomara que as férias de janeiro cheguem logo. Quero ver se vou para a casa dos meus tios. Lá é legal. Fiquei com saudade da escola. Enquanto estou aqui, minha mãe não me dá serviço. Queria tanto ver o mar...

Minhas férias

Fui muito aos shopping centers, *ficava paquerando os meninos, teve um até que veio conversar comigo e perguntou meu telefone. Achei chato dar meu telefone de recado, daí fiquei quieta e ele achou que eu era chata e cheia de frescura. Queria tanto ter conversado mais com ele, mas ele tem jeito de riquinho, desses que só querem tirar umas da gente. Acho que nunca mais vou ver o Márcio (esse é o nome do garoto). Minha melhor amiga, a Célia, disse que ele tá sempre lá, em frente ao cinema do* shopping *Morumbi, mas eu tenho vergonha de ver ele de novo. Passei o resto das férias feito boba. Feito, não. Eu sou uma boba.*

Férias do barulho

Meu pai resolveu reformar a casa bem nas férias. E eu pensei que fosse aproveitar pra descansar. De manhã cedo já pegava no batente com ele. A gente aumentou um quarto no fundo da casa. Parecia que eu dormia com um martelo dentro da minha cabeça. Quando era de noite, eu tava acabado. Meus primos passavam lá pra eu sair com eles, mas eu nem ia. Fui ao cinema uma vez e duas outras fui jogar futebol na Associação Esportiva Vila Carrão. Meu pai disse que o quarto do fundo era pra ele e pra minha mãe, mas depois que a gente acabou, ele disse que era pra mim. Fiquei contente porque já não aguentava mais dormir no mesmo quarto das minhas irmãs. O barulhão e a canseira valeram a pena, professora! Acho que estava com saudade do pessoal aqui da classe. A gente reclama, reclama, mas depois quer voltar logo.

Meu avô & eu

Meu avô morreu de uma doença muito chata. Ele morreu de leucemia e sofreu muito. Fiquei muito triste porque ele morava com a gente e a gente viu ele ficar doente e ir morrendo aos poucos. No fim, teve de ir para a Santa Casa. Eu ia levar maçã pra ele e fiquei com muita pena das outras pessoas que ficavam no mesmo quarto que ele. Tinha um moço, uns vinte anos, que morreu dois dias antes do meu avô. Conheci a irmã de uma garota que está com AIDS. A gente estava esperando o horário pra entrar e ficamos conversando. Quando ela contou que a Tuti (é esse o nome da irmã dela) estava internada numa ala separada, perguntei por que, aí ela contou. Disse que a Tuti, além de se drogar desde os catorze anos, ficava transando pra arrumar grana pra droga, 'se virando'. Fiquei com medo de pegar a doença, sei lá se a Mara (a irmã da Tuti) também não estava infectada, né? Fiquei com medo de contar pra minha mãe e de ela não deixar mais eu conversar com a Mara, que ela nem conhece. Perguntei pra uma amiga que é muito amiga da mãe, não sei se dá pra entender, a Jane, minha melhor amiga, conversa muito com a mãe dela, as duas são amigas de contar tudo, entendeu? A mãe dela falou que eu posso conversar e ser amiga da Mara e até da Tuti, não tem perigo não. Aí eu vi na televisão que a gente só não pode transar sem camisinha, o resto pode. Entrei, depois que meu avô morreu (foi muito triste, chorei muito, muito), no quarto separado deles e além da Tuti conheci mais pessoas que estão com AIDS. Sabe, professora, não contei pra ninguém que tenho ido lá. Estou com pena, com raiva, sei lá, me sinto até mal de falar, mas precisava desabafar um pouco de nervoso de ver elas daquele jeito, com caroço, manchas no corpo, careca, a pele toda seca. Parece que eu estou vendo um filme de terror, só que é de verdade, não é de ficção.

Também tive uma tia que morreu de leucemia. Infelizmente, pelo menos por enquanto, não há cura.

AIDS. As pessoas ainda não estão bem informadas. Um soropositivo pode não ter aparência de aidético! Será que tem que estar magro e com o cabelo caindo? Não necessariamente. É, a

AIDS não é nem um pingo ficção. Catorze anos... E tem AIDS! Será que está recebendo carinho da família? E os amigos? Pode ter contaminado outros...

Parece que o pessoal do GAPA já fez uma palestra sobre AIDS na escola, já que eles estão trabalhando com os portadores do HIV de uma forma super-humana. Por falta de informação, as pessoas podem ficar sem ajuda, sem apoio, sem remédios. Seria melhor que essas palestras fossem feitas anualmente.

É bom saber que alguns alunos já estão se preocupando em levar um pouco de carinho para aqueles que precisam...

Férias acidentadas

No terceiro dia de férias, caí e quebrei a perna. Fiquei todos esses dias de perna engessada (foi a direita). Li um monte de revistinha, livro, tudo o que me caía nas mãos. Um dia dois amigos da classe foram me visitar, daí jogamos baralho. Foi só.

(Des) Emprego!

A vida em casa sempre foi dura, mas eu nunca tinha precisado pegar no duro. Meu pai foi mandado embora do serviço... Contenção de despesas, pelo menos foi o que o ex-chefe de seção do meu pai disse. Mandaram embora dois mil metalúrgicos da multinacional. Meu pai era um deles. Minha mãe é quem tem segurado a barra lá em casa. Agora eu que estou trabalhando numa padaria, das cinco da manhã até as onze horas. Não sou registrada coisíssima nenhuma, e meu patrão disse que ainda vai me testar mais uns três meses. As meninas da padaria são legais, só que bem mais velhas do que eu. Tem uma que já é separada e outra que faz faculdade à noite. Diz que não conseguiu emprego melhor, então vai ficando. Gostaria de saber como o 'pessoal lá de cima' se viraria ganhando o que a gente ganha. Garanto que o presidente ia virar cinza... E aquele fôlego todo dele ficar viajando pra cima e pra baixo ia pro escambau, porque ele ia chegar em casa tão moído, que ia correr pra cama.

Meu pai continua desempregado.

Confusão no pedaço

A primeira semana de férias foi legal. Saí com minhas colegas de classe (Sandra e Lurdinha), fomos em dois bailinhos, ficamos com três meninos da 'ETESG Paulo de Tarso', eles são da Mecânica, terceiro ano. Trocamos endereço e tudo, e até já tínhamos marcado um encontro (eu e o Valtinho), quando a bomba estourou em casa: minha irmã está grávida. Bom, estourou primeiro comigo, né, porque ela veio contar primeiro pra mim. Eu não sabia nem o que falar, pedi primeiro pra ela contar pra mãe, depois a mãe daria um trato no pai, aí a gente veria o que fazer. O problema, professora, é que ela engravidou do Marcos, sabe, porque ela estava brigada com o Flávio. Eu explico: ela namorava o Flávio. Os dois terminaram por uma ciumeira besta dela; daí, pra fazer birra, ela começou a namorar o Marcos e, sem querer, engravidou dele. Digo sem querer porque ela não devia querer ter engravidado porque ela só chora que quer voltar com o Flávio, que não quer nada com o Marcos. O Marcos, por sinal, estava brigado com a namorada dele, a Simone, namoram há dois anos e meio. Daí, pra fazer ciúmes pra ela, começou a namorar minha irmã. Ele também não quer mais nem ver minha irmã pintada de ouro pela frente. Imagina a confusão. Ela disse que não se preocupou em evitar com nada porque achou que não iria rolar nenhum lance, só que rolou um lance e um rolinho de três meses. Meu pai disse que esse nenê nasce custe o que custar, minha mãe diz que nessas alturas do campeonato, é entregar pra Deus, minha irmã chora que nem louca, vomita até as tripas, e eu, fiquei sem férias. Professora, será que sou egoísta em querer, nas próximas férias, um pouco de férias e o meu Valtinho, com lances, sem rolos?

Puxa, que confusão! Me lembrei de que, quando eu estava no terceiro colegial, aconteceu a mesma coisa com a Júlia e o Rafael. A Júlia ficou grávida do Rubinho, que era namorado da Raquel, só porque o Rafael estava louco pela Verônica. Foi um deus nos acuda! A Júlia era uma das minhas melhores amigas, e eu quase fiquei louca com ela. Ela quis por toda lei abortar, já que não tinha cabeça pra ter um bebê, ainda mais filho de um cara pelo qual ela nem sentia nada. Se a mãe soubesse, então!... Aí sim, abortaria naturalmente, só que de tanto ouvir grito e o famoso "tá vendo?". Por mais que a gente pedisse pra ela contar pra família dela, não teve jeito. Marcou consulta numa dessas "fazedoras de anjo", já que não podia ir a um médico, o que seria mais caro. Até hoje me sinto muito mal por não ter ido com ela. A Júlia falou tantas vezes que se a mãe dela soubesse iria arrancar o couro dela e pendurar na parede ou colocar no chão, feito tapete, "filha desavergonhada", que a única coisa que fiz foi consolá-la e contar tudo pra minha mãe, pra desabafar.

Quem acabou indo com ela na "anjeira" foi a Vivi. Vivi disse que o lugar era longe e sujo. Contou que enquanto a Júlia ficou lá com a "anjeira" combinando o preço, ela foi dar uma vasculhada no local. Uma cama, um cesto de lixo, umas seringas, esparadrapo, um armário de madeira onde leu "Primeiros Socorros". Foram os últimos. Júlia morreu vinte dias depois, de infecção generalizada. Havia deixado todas as suas economias com a tal da dona Lolla. O caso foi feio: deu polícia e a dona Lolla foi presa. Eram mais de cem ossadas enterradas no quintal da casa. Muitas outras moças tinham morrido como a Júlia. Pelo menos ela tivera tempo de dar parte na polícia. Três dias antes de morrer, ficara sabendo que o filho nem do Rubinho era. Era do Rafael mesmo, já que o Rubinho, na confusão toda, descobrira que nem podia ter filhos.

O que eu poderia dizer a essa minha aluna, irmã da grávida? Que lhe desse carinho, que não deixasse que ela abortasse por aí afora, corresse riscos... E mais um monte de coisas, meu Deus!

Descanso triplo

O local onde trabalho fechou para reforma, mesmo assim eu tinha que aparecer por lá todo dia para dar uma mãozinha para minha chefe. Não precisava ter aquela pontualidade, mas deu pra descansar de atender as pessoas, que, às vezes, são muito chatas.

Como minha chefe me dispensou nos últimos dez dias de férias da escola, fiquei com um descanso duplo. O descanso virou triplo porque terminei com meu namorado.

Fazia o almoço e a janta para minha mãe e passava a roupa de noite, vendo televisão.

Enganação nas férias

Queria muito que minhas férias tivessem sido boas.

Primeiro, recebemos uma notícia que nos deixou preocupados:

meu tio ia ser operado do coração. Ficamos muito preocupados, mas no fim deu tudo certo.

Não saí de casa para viajar. Duas primas minhas, que moram no interior, foram passar quatro dias em casa. Eu e minhas irmãs saímos para mostrar São Paulo pra elas. Elas acharam tudo lindo, principalmente o shopping, porque na cidade delas não tem. Não gostaram da sujeira dos parques nem das centenas de barracos e de pessoas que moram debaixo dos viadutos. Acharam muito triste. Nós também achamos, mas fazer o quê?

Estou muito magoada porque descobri que o Neto (segundo Mecânica G – noite) está saindo com outra menina. Me deixou de bobeira sábado passado e saiu com a Vivian (segundo Eletro C – manhã). Quem me contou foi a Ângela e a Mônica, que são minhas amigas. Isso me magoou muito, mas foi melhor para mim. Por que será que pessoas que a gente gosta acabam nos magoando?

Minha mãe notou que eu estava chateada e bateu um papo comigo. Acho que, apesar de tudo, foi ótimo, porque eu e minha mãe ficamos mais amigas.

Que fim levou meu tênis?

Você nem vai acreditar, professora! Trabalhei, fiz bico, fiz ponta, fiz tudo quanto foi serviço nessas férias, pra poder ganhar uma graninha. Meu pai, que é mudo-calado, até me elogiou. Consegui descolar uma boa grana, dei uma mãozinha em casa e fui dar uma olhada nos preços de tênis. Sabe, pela primeira vez na vida, eu queria ter uns desses tênis bem bacanas, de marca mesmo. Sabe como é, impressiona as garotas. Fui com o Márcio, meu colega aqui da classe. Andamos por tudo quanto foi lugar, em tudo quanto era beco, pra pesquisar preço, e coisa e tal. No fim, acabei comprando um superlegal, escrito em inglês. Tava na promoção, não deu pra resistir. Comprei também uma calça e uma camiseta, legal demais, cara! Não deu nem cinco minutos que eu tinha colocado o tênis no pé (botei o velho na *caixa), assim que a gente parou pra pegar o ônibus, vieram dois trombadinhas e gritaram pra eu tirar o tênis senão ia virar 'chiclete de onça'. Ó dona, eu nem sei o que é o tal 'chiclete de onça' até agora, mas, na hora, resolvi tirar logo o tênis do pé. Levaram o tênis do Márcio, que também era bem novo. O que me deixou puto (desculpe) é que tinha dois caras no ponto de ônibus, desses que usam pasta e sapato, que não fizeram nada. Por que não roubaram a pasta deles? Devia até ter dinheiro. O Márcio quis conversar com os dois trombadas, mas um deles falou 'cala a boca aí, seu riquinho metido', e sentou um pontapé na boca dele. Ele ficou com a boca cheia de sangue, ensopou a camisa. Eu tava tão nervoso que nem conseguia desamarrar o tênis, aí um deles puxou os dois do meu pé, com tanta força que a minha calça rasgou em baixo. Saíram correndo, dando risada. A gente ficou com muita raiva. Esse tênis vai doer muito no pé dele, porque eu suei muito pra comprar. Quando a gente chegou em casa, foi o maior susto. Ainda acabei levando bronca da minha madrasta, que disse que eu devia ter comprado uns desses tênis sem marca, assim eles não tinham me confundido com boyzinho. Acontece, dona, que ela fala que é pra eu aprender. Aprender, eu sempre aprendi. Roubar é errado, a gente tem de respeitar, mas e daí? Até aqui na escola, deixei meu Atlas na classe e, no dia seguinte, dancei. Tava com nome, endereço e tudo. Pensa que os outros devolvem? Devolvem nada. É a lei do 'compensa'... Sabe como é que é, perdeu alguma coisa, fica com outra, quando acha, pra compensar a perda. É por isso que o país não vai pra frente, dona. Ninguém respeita ninguém.*

Não sei se a senhora viu ontem, naquele programa de tevê, 'Chora Brasil', a prisão de dois moleques que roubavam tênis. Um deles matou um garoto só pra pegar o tênis dele, que era um 'Nike Air Importado'. O carinha tava lá, rindo, é 'de menor'. Deu vontade de ir até lá e passar uma bala nele. A senhora acha que vai acontecer alguma coisa? Acho que, se eu fosse o pai do carinha morto, dava um fim nesse marginal. Desculpa, dona. Tô revoltado. Tô me sentindo culpado por causa do dente do meu amigo. Bem o da frente!

Um dia diferente

Nessas férias, saí com meus amigos do bairro. Jogávamos truco todo sábado à tarde. Às vezes dava pra pegar um cineminha. Estava namorando uma menina mas acabei brigando. Agora estou namorando uma antiga namorada, sabe como é que é, a gente fica junto e pronto. Sem muito compromisso.

Teve uma coisa legal nessas férias. É que meus parentes se reuniram em casa. Fazia muito tempo que a gente não reunia todo mundo, demos bastante risada, foi legal mesmo. Só que teve uma coisa chata: foi meu aniversário. Era por isso que tava todo mundo reunido lá em casa. Tem coisa mais chata do que ficar mais velho?

Curtição

Puxa, eu estava mesmo precisando dessas férias! Pena que duraram tão pouco.

Passei as férias todas curtindo meu filhinho de um ano e meio. Chego tão cansada do serviço (trabalho de manhã e de noite) e da escola, que mal tenho tempo de brincar com o Roger.

Levei ele no Playcenter um dia, mas acho que quem mais curtiu fui eu. Brincava à tarde com ele no parquinho, punha ele no escorregador, no balanço. Ele até começou a me chamar de mãe. Antes, ele chamava minha mãe de mãe, porque é ela quem fica o dia todo com ele.

Meu pai também melhorou, parou de implicar comigo. Acho que é porque ele viu que, se eu não cuido do Roger mais tempo, é porque não dá, tenho o serviço e a escola. Fiquei pensando em parar de estudar e até em arrumar um outro emprego, mas acho que eu preciso ser alguém, para um dia mostrar ao meu filho.

Ontem vi o pai do Roger passeando de moto perto de casa. Ele nem olhou pra nós dois. Foi aí que decidi que não vou parar de estudar mesmo. Quero ser alguém para que o Roger tenha sempre orgulho.

Hoje cedo, quando saí pra trabalhar, pela primeira vez ele chorou. Tomara que esses dois anos e meio passem depressa.

Desdentado por causa de um tênis

Que férias! Não dá pra acreditar! Um amigo meu, aqui da classe, o Anderson, pediu pra eu ir com ele comprar tênis lá no centro. Andamos de matar. Ia ver um preço, tava caro, ia ver outro, não era do jeito que ele queria. Eu já tava no prego, morto de cansado e com fome, e o Anderson nada de se decidir. Quando ele finalmente resolveu se mancar e comprar um, fomos assaltados. Fui me defender porque também queriam pegar o meu tênis, que ainda era novinho (só tava um pouco sujo), levei um pontapé no meio da boca. A sorte é que me desviei, mas mesmo assim perdi o dente da frente. Devia ter dado logo aquela porcaria de tênis pra eles. Agora tenho de esperar o mês que vem pra colocar um dente, porque a grana tá curta. E a humilhação que a gente passa, dona? A gente foi embora descalço, os dois caras que estavam no ponto de ônibus se encolheram tanto, que os dois trombadas nem prestaram atenção neles. Ó, como não vou colocar nome aqui, posso até falar (professor tem esse negócio de sigilo?)... Tô com vontade de comprar um canivete, desses profissionais mesmo. Não é só por causa dos tromba, não. É porque, eu juro, se encostarem a mão em mim de novo, ou fizerem algo com a minha irmã, como fizeram com a irmã do Alemão, eu saio dando porrada. Ontem eu vi naquele programa 'URGENTE' que estuprador (é assim que escreve?), quando vai pra cadeia, é estuprado por todos os detentos. Falaram que arrancam até os pelos dele. Acho é pouco. Tinham de matar gente assim. O que eles estão esperando para colocar a pena de morte? Os caras que pegaram a irmã do Alemão ainda estão soltos. Ela morreu. Tá certo, dona?... Meu dente, perto disso, não foi nada.

Tudo bem seu "desdentado por causa de um tênis". Tudo bem, não. Tudo péssimo! A que ponto!... As pessoas vêem tudo mas não reagem, não fazem nada. Bom, acho que o melhor ainda é não reagir. Antes desdentado do que morto por causa de um par de tênis. Se morre por um trocado, uma "branquinha", se mata por uma discussão de time de futebol, uma briga no trânsito. As pessoas começam a sair armadas, do tipo "se pintar um lance e eu esquentar, mato o cara". Estupros, sequestros, roubos, mortes. Coisas do mundo inteiro. Não somos só nós, brasileiros, os privilegiados. Uma marca vale mais que uma vida? Uma vida tem preço? Quanto? Meninas prostitutas, homens-gabirus, AIDS, drogas, fome, falta de dente. Eu mesma, "Márcio-desdentado", estou devendo ao dentista há dois meses a restauração que fiz no molar inferior esquerdo. Não estou desdentada mas estou envergonhada por não poder acertar meu débito com ele. Com esse salário de fome, não posso pagá-lo por enquanto. Corro ainda o risco de ter meu nome incluído qualquer dia por aí na Associação Comercial. Motivo: desacreditada por causa de um dente. Corro o risco de perder o siso e o juízo, se não tratar do dito cujo, que anda doendo pra burro. Portanto, meu amigo, estamos no mesmo barco, na mesma canoa furada... na mesma *banguelice*.

Essa coisa da humilhação de ser assaltado, eu sei como é. A gente se sente desprotegido, impotente.

Essa coisa... o estupro... A pena, para os próprios detentos, é o estupro para o estuprador. Pena de morte... Morte dá pena? A pena da morte... Morte ao contrário... Temor... Assassinos, estupradores... Têm medo de quê?

Férias em quadrinhos

Dormi, comi, vi tevê, ajudei minha mãe e, o que é melhor, li um monte de revistinhas do meu irmão menor.

Minha mãe ficava no meu pé porque ela acha que não é legal ler histórias em quadrinhos, que o melhor é ler livros, pra ir treinando pro vestibular. Acontece que eu adoro quadrinhos!... Não sei por que tanta pegação no pé. Ela diz que com esse tipo de leitura eu fico preguiçosa. Não sei por que tanta marcação... Afinal, férias são férias.

Arte nas férias

A senhora nem imagina o que aconteceu nessas férias: uma amiga minha me convidou pra ir num vernissage. Pra falar a verdade, eu nem sabia direito o que era, mas fiquei com muita vontade de conhecer artistas, ver os quadros, sei lá.

Fomos.

Mal chegamos, começaram a passar o coquetel: cenoura à grega (olhei dentro pra ver se não estava recheada de camarão, mas não estava), gratinados à Magrette, suco à moda Volpi, quadradinhos

Delfati, batida Portinari, trouxinhas Tomico. Era um com o nome mais estranho que o outro, mas até que de gosto estavam bons. O que era esquisito é que os próprios artistas eram os garçons. Depois do coquetel, eles avisaram que iam fazer uma performance *(nem eu nem a minha colega, a Deta, que é minha vizinha, sabíamos o que era isso).*

Os artistas sumiram por um tempo e voltaram depois, vestidos de sacos tingidos de vermelho, outros em tons de marrom, que se sacudiam feito árvores balançando ao vento. Os de marrom pareciam troncos. Os de verde se empoleiravam em cima dos 'troncos' e se chacoalhavam. Uma artista, meio gorda, que em vez de ser tronco era folhinha, derrubou um magrinho no chão. Acho que foi de propósito, para mostrar o desmatamento, porque o magrinho gritava: 'não me mata, não me mata, não me des-des-des-mata'. Coitado! Teve de ser retirado de lá, totalmente desmaiado. Achei pouco ecológico, professora.

Após a performance, *os artistas-garçons colocaram as bandejas de salgadinhos nas nossas cabeças, dizendo que éramos 'mesinhas pós-modernas'. Bem que eu e a Deta tentamos equilibrar, mas tivemos um acesso de riso e derrubamos a batida Portinari e o suco Volpi no chão. Bem, não foi tão assim no chão... Foi em cima de uma calça encerada (com cera vermelha), que estava bem do nosso lado. Vimos, infelizmente, que havia uma placa ao lado da calça, onde pudemos ler: 'Ode ao consumismo – Dualidade/Vida/Obra/Peça integrada ao homem contemporâneo, que se despoja do próprio eu ao entrar num espaço de arte. Hugo Delitte – Preço U$ 1 000'.*

O artista, o tal do Hugo, resolveu fazer uma performance *também (parece que naquele dia todos estavam a fim de* performances*). Caiu no chão, dizendo que estava, como era mesmo?, ah, fazendo um despojamento frenético do seu eu, tirando até a roupa. Foi muito aplaudido. Soubemos depois que aquilo era puro ataque de nervos porque havíamos destruído sua obra com as batidas.*

A Deta se interessou muito por uma obra de arte chamada 'Assim', de um tal Gurjei. Ficou um tempão olhando a tela, que era enorme. Uma linguona de pano vermelho saía do meio da tela. Em volta tinha umas coisinhas que não conseguia entender. A Deta puxou a língua da tela para cima. Coloquei a linguona de lado. Era assim que a minha ficava, quando eu estava resolvendo os exercícios de Física. Foi aí que o tal Gurgei apareceu e disse que era 'assim, assim, assim'. Explicou que a gente devia apertar as campainhas. E eu que pensei que aquilo eram rabiscos vermelhos! Quando apertamos, levamos o maior susto: uma delas tocou! Daí, o Gurgei explicou que a língua tinha várias campainhas, mas que só uma delas tocava. 'Toca como campainha, boca de línguas, língua da boca.' Quase tivemos um ataque quando ele disse que devíamos ter 'lindas campainhas', pedindo pra que a gente posasse nossas campainhas pra ele, dizendo AH. Deta mostrou a língua pra ele e foi logo dando um jeito de cair fora. Enquanto não mostrei a minha pra ele, ele não sossegou. Imagine que disse que eu tenho língua geográfica e que é muito acadêmica para o gosto dele. Disse que prefere línguas 'pós-modernas ou contemporâneas'. Disse que era pra dar o cartão dele pra Deta, caso ela quisesse 'posar a campainha dela pra ele'.

Quando já estávamos indo embora, parei pra ver um quadro. Desse eu tinha realmente gostado, professora. Deta e eu achamos que tinha ação, movimento. Num fundo branco, uma aranha encontrava vida nova, tecendo arte sobre arte. Achamos que isso era o 'pós-moderno'. Foi juntando gente em nossa volta, e eu e minha colega comentando o quadro. Até que uma mulher perguntou o que achávamos. Respondi que, pra mim, a aranha e a teia simbolizavam a construção em movimento. Deta disse que o mosquito que a aranha ia rangar era um 'símbolo' do tipo lanchonete expressa, comer em casa mesmo. A mulher, autora do quadro, uma tal de Bossu, começou a gritar feito louca. Pelo que pude entender, nos gritos dela, a tal da aranha não fazia parte do quadro, muito menos a teia que ela havia construído no cantinho, da noite para o dia, e muito menos o mosquito que ela estava prestes a engolir. Quase fomos linchadas na galeria.

Professora, pra terminar essa carta que um dia acho que dá um romance, ganhamos, na saída, um convite para jantar 'linguada' na casa do Gurgei.

Ainda não consegui entender direito a diferença entre um quadro pós-moderno e um contemporâneo. A senhora pode me explicar?

Sem título

Tive umas férias horríveis. Bem, no começo não estavam tão horríveis assim. Saí com minhas amigas, fui ao cinema uma vez, e também a um barzinho novo aqui perto de casa.

Sábado retrasado, um amigo meu aqui da escola, o Raul, sofreu um acidente de moto e não resistiu. Morreu. Sabe, ele estava sozinho, de moto, e um carro tirou uma fina dele, o Raul derrapou e foi jogado longe. Bateu a cabeça e morreu na hora. A família está desesperada. Foi o enterro mais triste que eu já vi na vida. Ele era tão cheio de vida, tão bonito, e um cara muito bom, muito bom mesmo. Ele namorava uma amiga minha, a Val, que está arrasada. Não é pra menos. Eles estão juntos há uns dois anos, eu acho. Estavam, né? Agora está tudo acabado. Procurei a Val na classe dela na hora que eu cheguei, mas não a encontrei. Ela disse que não vai mais ter coragem de vir na escola, que a vida está sem sentido sem o Raul. Coitada. Nossa, se fosse comigo acho que morria. Vou dar uma força pra minha amiga, sabe? Bom, acho que já estou dando. Passo na casa dela todo dia, pra conversar um pouco. É meio corrido, mas já dá pra distrair a Val. Ela tá precisando.

Férias quentes

Tive umas férias ótimas. Fui para Campos do Jordão. Eu não conhecia Campos. É lindo, lindo, lindo. Fomos numa turma grande. De manhã, a gente tomava um supercafé, com chocolate quente, bolo de chocolate, strüdel, *chá com torradas e geleia, sucos e* mais um monte de coisas gostosas. Nossa, devo ter engordado uns três quilos! Depois do café, eu e a minha turma íamos passear nas montanhas, andar de teleférico, comer doce nas docerias. Adorei andar a cavalo. Parecia que eu estava num filme! Meus cabelos soltos ao vento, minha pele parecia queimar de frio, ficava rosada, rosada. Conheci três cachoeiras. Numa, criamos coragem e tiramos a roupa. Não teve essa de um ficar espiando o outro não. Foi tudo supernatural. A água era geladérrima. Nem deu pra aguentar muito tempo. De noite, a gente fazia fondue de queijo, a maior delícia. Fomos assistir a um show de rock também. Foi ótimo. Amei! De noite, era o maior frio. A sorte é que no chalé tinha lareira e, sabe, eu tinha o meu 'cobertor de orelhas', entendeu?

Não vejo a hora de voltar pra lá. Frio ou quente, sem o meu 'cobertor de orelhas' eu não vou!

Férias chatas

Fui ao Playcenter. Só.

Uma viagem legal

Puxa, passei quinze dias num sítio que meus tios têm numa cidadezinha (acho que a senhora nunca ouviu falar) chamada Jafa. Acordava cedinho, o galo cantando, ia tomar leite da vaca (tem quatro vacas), andava a cavalo, ajudava meus primos no serviço. A vida lá é tranquila, ninguém tem pressa, tudo é mais barato. Todo mundo se conhece. Só tem um posto de gasolina e poucas ruas. Não tem cinema. As pessoas vão dormir cedo. Comi muito doce feito em casa, pela minha tia Dinda. A coisa mais engraçada que aconteceu foi quando um dia fui até a cidade de Garça (a senhora já ouviu falar?) e estava lá na praça tomando um sorvete e encontrei com o Leandro, aqui da classe. Foi o maior barato. O mundo é pequeno, né? Sabe, lá na praça, fiquei conhecendo uma gatíssima, que se chama Paula.

Como eu ia embora no dia seguinte, não deu pra marcar um encontro, daí que trocamos o endereço. Estou com vontade de escrever pra ela. A senhora acha que ela vai se lembrar de mim? Minha mãe diz que 'quem não arrisca, não petisca'. O que a senhora acha?

Minhas férias

Não tenho muitas novidades pra contar. Fui num bailinho com minhas colegas Sandra e Cidinha. Tava superlegal. Conheci um gato, não é um gato, é um supergato mesmo, ficava me olhando, querendo me comer com os olhos. Não encontrei mais com ele. A Cidinha ficou bem ligada no Valtinho. Tomara que ela consiga o telefone do Maurício, o meu gato, que é amigo dele.

Sabe, eu nem tenho coragem de pedir pra Cidinha dar um jeito de arrumar o telefone, o endereço do Maurício, porque tá o maior rolo na casa dela. A irmã dela tá grávida de um carinha que ela nem gosta. Coitada. Bom, não posso entrar em detalhes, porque estou me abrindo com a senhora e nem sei se poderia.

Estranha coincidência

Fui para uma cidade chamada Garça (não sei se a senhora conhece), ficar na casa de um tio. Estava meio desanimado, nem queria ir pra lá, mas como não pintou outro convite, acabei indo. Puxa, teria me arrependido muito se não tivesse ido, porque estava ótimo. Meu primo Oscar é deficiente físico, ele ficou paralítico da cintura pra baixo. Fazia muito tempo que a gente não se via. A sua força de vontade e a sua alegria de viver me levaram a ver as coisas com menos pessimismo. É lógico que ele preferia não estar assim, mas ele aproveita, que não tem jeito mesmo, pra fazer umas coisas muito diferentes. Por exemplo, ele inventou um concurso chamado 'criatividade-eficiente', onde todos se reúnem para bolar jogos criativos, jogos de percepção, brindes para firmas. A *cabeça deles é a mil. Conheci cegos, deficientes auditivos, deficientes visuais e também um rapaz que ficou tetraplégico. Há também deficientes mentais, que fazem, entre outras coisas, a parte de propaganda dos jogos. Acho que eles não deveriam ter esse nome: deficientes. Acho que devia ser o contrário: eficientes, porque é na deficiência deles que eles se tornam mais eficientes. Tinha uma cega que lia mais rápido que eu! Um dia, antes de irmos pro barzinho, passamos pela praça. Adivinha quem encontro? O Juliano! Estou sendo bobo... A senhora acabou de chegar e nem sabe direito ainda quem é quem. O Juliano é aqui da classe, é um que senta do lado da Lucimara, a que tem o nenê, e do lado do André, o da perna engessada. Coincidência, né? Pena que ele foi embora no dia seguinte. Eu não. Eu fiquei mais quatro dias. Foi aí que conheci a Dani, amiga do meu primo. Ela é a pessoa mais incrível e linda que já conheci. Tem uma pele lisinha como um pêssego, uma boca macia como um pêssego, cheirando a perfume de pêssego. Professora, ela é um pêssego ou eu estou apaixonado por uma fruta de dezessete anos (é da mesma idade que eu)? Assim que coloquei os pés aqui escrevi pra ela. Estava com medo que ela estivesse me achando meio bobo. Recebi carta dela hoje, dizendo que estava com medo que eu tivesse achado ela boba. Imagine que meu amigo Juliano está de 'rolo' com a irmã dela, a Paula. A Dani está superfeliz porque um de seus jogos (é ecológico, com animais em extinção) foi aprovado por uma dessas empresas que dão brindes aos funcionários no final de ano. Quero estudar muito, ser alguém logo, pra que ela tenha orgulho de mim.*

Sempre-feira

Essas férias foram exatamente como as outras: trabalhando. Passei o mês todo louca pra descansar e tudo que fiz foi trabalhar com minha mãe na feira, com a mão nos pés de alface, pesando tomate, escolhendo cenoura, pesando batata, pondo cheiro-verde com salsinha, separando cheiro-verde da salsinha. Minha mão nunca ficou tão grossa e tão feia. Minha mãe diz que é só a gente casar com outro feirante que 'tudo bem'. Eu não acho que 'tudo bem'. Eu quero fazer outra coisa que não seja escolher, escolher e escolher. E se eu tiver que escolher, vou escolher pelo menos o dono da banca e não o empregado, como era meu pai e como ficou minha mãe. Estava louca pra voltar pra escola, ver as pessoas, acordar pra estudar, e não pra ver bananas e abacaxis, que nunca posso comer. É horrível esperar o patrão da minha mãe pegar as frutas, verduras e legumes do final da feira pra dar de esmola pra gente. Minha mãe diz que é melhor isso que nada, mas eu acho que é melhor 'isso aqui', as segundas, terças, quartas, quintas e sextas, do que as feiras.

Logo, logo...

Professora, eu nem sei o que eu tenho na cabeça, acho que sou louco, mas precisava falar com alguém e, quando a senhora falou em escrever o que fiz nas férias, eu resolvi me abrir. Não sei se dá pra entender, acho chato falar dessas coisas, mas na semana passada eu saí com minha namorada. Não sei se dá pra entender o que eu quero dizer. Como ela me fez jurar que eu não contaria pra ninguém, eu não contei, senão ela perde a confiança em mim. Como eu não contei nem pra minha mãe, nem pro meu pai, que iam ficar no meu pé querendo saber se eu usei camisinha, cuidado pra não engravidar a menina, quem é ela e tudo o mais, conto pra senhora pra desabafar (jurei que não ia contar nem pro meu irmão nem pros meus amigos, porque, senão, com tantas perguntas na mesma hora, eles iam cortar meu barato).

Já faz um tempo que eu e a Margareth (nome fictício) estamos de rolo. Eu tava dando bandeira, até. Teve um dia que a assistente da diretora, a dona Soninha (a diretora é a dona Lurdinha, a senhora já deve conhecer), mandou chamar a gente. Ela passou um pitão, só porque a gente estava se beijando no pátio. Acontece que aí eu expliquei, né, que era um beijo de namorado, só, e coisa e tal, que a Margareth, com aquela miniblusa, era meio difícil de aguentar. Eu e a minha maldita boca. Sabe o que a dona Lurdinha fez? Proibiu miniblusa e bermuda um palmo acima do joelho. O pessoal ficou puto, nem sei como descobriram. Agora tamo tudo aqui, vendo perna coberta! Bom, já estava me desviando do assunto. Como eu estava escrevendo, na semana passada, a gente foi ao cinema. Ia, né. Acabamos não indo. A mãe dela estava internada (coisa de mulher) e o pai estava no hospital com ela. Adivinha onde fomos parar? Na casa dela, no quarto dela, na cama dela (não, não na cama da mãe dela, Deus me livre). A gente arrancou a roupa um do outro. Eu tava mais nervoso que ela. Aí, depois que não tinha mais nada pra tirar, a gente ficou se olhando um tempão, de luzona na cara; descobri que ela tem uma pintinha no seio direito; ela descobriu que eu tenho uma pinta no meio da nuca, que eu nunca tinha visto. Depois, a gente começou a se beijar, a se beijar, a se beijar tanto, que minha boca ficou adormecida. Grudei meu corpo no dela, ficamos assim um tempão. Descobri cada pedacinho do corpo dela que eu não conhecia, e ela percorreu com a mão (a mão dela estava queimando) todo o meu corpo, que ela também não conhecia. Eu não estava aguentando mais, nem ela. Quando eu tava a ponto de, a senhora sabe, e ela a ponto de também, a senhora sabe, perguntei pra ela se ela tinha tomado pílula. Ela respondeu que não, que nunca tinha tomado. Aí ela encostou aquela boca fervendo no meu ouvido e perguntou se eu havia trazido a camisinha. Não, professora, eu não tinha. Como não tinha sido uma coisa premeditada, nem pra mim, nem pra ela, a gente ficou preocupado em continuar, sabe? Só que a vontade não acabou e agora a gente não chega num acordo: se eu uso a camisinha ou se ela é que toma a pílula... Porque em branco não dá pra aguentar mais não. A gente tá muito apaixonado, dona. Será que a senhora podia dar a sua opinião? Mas tem de ser logo!...

Puxa, que situação! Parece que estou assistindo a um filme.

Não sei não, mas sem preservativo não dá pra encarar. E olha que ainda assim, com todas aquelas notícias nos jornais, alguns são bem pouco confiáveis, parecendo mais uma peneira. Além disso, tem a AIDS, a gravidez, as DSTs da vida, né? Posso garantir por mim, mas e o outro lado?

É, parece um filme mesmo, onde os personagens principais são dois adolescentes; os secundários (lutando por uma vaga de coadjuvante principal), o amor e o sexo. Como diretor, o senhor "Vai-com-tudo"; como cenógrafo, o senhor "Aguenta-as-pontas", que por acaso é o pai da mocinha; o iluminador, o senhor "Apaga-Apaga" e a responsável pelo figurino dos atores, a senhorita "Amor dá pra medir?", que fica o tempo todo tentando medir o amor dos mocinhos com o metro.

Amor dá pra medir? Mede um tanto, aí dá pra "ficar". Mede pouquinho, aí só dá pro beijo.

Qual o nome do filme? *Fica comigo esta noite, Dá um tempo, Solamente una vez, Relações perigosas, Trinta e seis semanas e meia de amor* ou *Nasce uma estrela?* E quanto ao final? Vai ter um final feliz?

Faça a coisa certa. Nome de filme que serve prum bando de coisas!

Coisas como esta, por exemplo.

Eu mais eu

Nessas férias decidi que eu seria eu mais eu. Explico. Foi aniversário da minha mãe, e nós compramos um ferro elétrico pra ela. Acho que ela nem gostou muito, que preferia uma roupa, sei lá, mas como estava reclamando do ferro queimado, fizemos uma vaquinha e demos um novo pra ela. E não é que o ferro não durou uma semana? Ah, quase tive um ataque. Tanta economia, e nada do ferro passar. Esquentava morno, e era só. Como eu comecei a ler o jornal e vi que tinha um tal de ombudsman, *respondendo a queixas, telefonei pra ele. E não é que ele existe e até atende ao telefone? Pensei que fosse como político, que nunca aparece, a não ser em época de eleição. Bom, daí que ele me explicou que* ombudsman *de jornal é mais ou menos parecido com* ombudsman *de empresas, e que estas, principalmente, deveriam cada uma ter o seu. Me deu um monte de informações sobre o seu papel no jornal, e me deu até o telefone da empresa que é o fabricante do meu ferro, isto é, do ferro da minha mãe. Fui meio bobo, né, porque o telefone da firma tava no manual de instruções. A senhora já percebeu como um manual de instruções é bobo? Estava escrito: tire seu ferro elétrico marca 'Cadete' da caixa. Desenrole o fio. Ligue o ferro na tomada. Espere aquecer... E por aí afora. Telefonei para a firma, que me passou para o setor de reclamações, que me deixou pendurado um tempão. Liguei para o jornal e contei tudo para o* ombudsman, *depois de tentar oito vezes fazer a minha queixa, sem ter conseguido. Aí ele me aconselhou a escrever para o jornal, fazendo uma reclamação no setor de 'queixas dos leitores'. Fiz. Ah, não demorou quatro dias e a firma respondeu à minha queixa. Só que eles alegaram que 'por um defeito de fábrica' iam me indenizar, num prazo máximo de trinta dias, com um aparelho doméstico, para repor o adquirido, à minha escolha, uma vez que haviam tirado o tal 'cadete' de circulação. O* ombudsman, *meu amigo, acabou interferindo, em sua coluna, dizendo que não era do seu* métier *tomar as dores dos leitores (o que era* métier *acabei perguntando pra ele), mas que achava o fim da picada que eu recebesse outro aparelho, e não o mesmo, totalmente consertado ou o dinheiro de volta, já que eu não era obrigado a querer um liquidificador ou batedeira. Disse também que a forma como eu havia sido tratado (contei pra ele que me mandaram fazer queixa até pro papa) era inadequada, já que o produto em questão estava perfeitamente dentro da garantia. Professora, a senhora nem imagina o que o jornal recebeu de cartas, depois da minha, se queixando do mesmo problema desse ferro, dessa marca.*

Acabei sendo até citado no jornal e uma foto minha ao lado da minha mãe e do ferro apareceu na quarta reportagem sobre 'defesa do consumidor'. Sabe que a empresa acabou contratando os serviços de um ombudsman *para 'brigar pelos seus clientes?'. Ah, recolheram os ferros e nos devolveram o dinheiro. Acabei sendo elogiado publicamente pelo diretor da firma, que disse que a responsabilidade por ter colocado esses ferros defeituosos na praça era de um antigo funcionário, que fizera isso de propósito, motivado por vingança pessoal. Quanto ao dinheiro de volta, fiquei animado, porque, afinal, estamos no Brasil e tenho esperança de que um dia as coisas comecem a mudar. Minha mãe, com o dinheiro, comprou quatro calcinhas e um sutiã. Não imaginava que custassem o mesmo preço de um ferro. Já nem sei mais o que é caro e o que é barato.*

Professora, não dá pra ter um ombudsman *do presidente? Um oficial, eu quero dizer. Bem, aqui mesmo, na escola, eu acho que devia ter um...*

Desculpe o desânimo

Professora, desculpe o desânimo, mas assim que entrei na classe e vi esse lixo todo que o pessoal da manhã deixou, fiquei desanimada.

Sabe, o professor de Biologia, o Raimundo, tem conversado muito com a gente sobre reciclagem de papel, lixo alternativo, e mais um monte de coisas. Resolvemos, no fim do mês, fazer uns lixos na classe e na escola, um pra papel, outro para plásticos. Pensamos até em vender os sacos de lixo de papel para alguma empresa que se interessasse, e, conversando com alguns professores mais animados, descobrimos o meio de transformar lixo de papel em papel de carta reciclado. Trouxemos latas de tinta vazias de casa (tive de trazer a minha, que não era nada pequena, no ônibus mesmo). O professor e nós mesmos encapamos os lixos da nossa classe (nas outras classes em que ele dá aula fizeram o mesmo), escrevemos "papão de papel" e "papão de plástico" com canetas coloridas. Ficou superlegal. Os lixos do pátio também foram trazidos por alunos, onde escrevemos a mesma coisa.

Agora eu pergunto: Cadê os lixos, professora? Olhe bem o chão, se é que consegue achar algum pedaço dele. Já viu coisa mais suja? Onde estão nossos lixos, professora? É por isso que alguns professores estão desanimados (outros porque são mesmo), dizem que não adianta ficar inventando moda com a gente, porque a gente não aprende a ser limpo e organizado mesmo. Será que é mais fácil jogar resto de salgadinho, papel, sacos, tudo no chão? Como é ser limpo e desenvolvido? Algum dia vamos saber? Gostaria muito de saber quem fez isso. O nosso lixo de papel, que não é pouco (2 850 alunos em três períodos), ia ser vendido, ou reciclado, o dinheiro iria para um fundo de reserva, para a compra de computadores, retroprojetor, TV, vídeo ou xerox, no futuro, para o nosso próprio benefício.

Professora, a senhora pode continuar a campanha, junto com o professor Raimundo e mais cinco professores, além de alguns de nós, claro!... Será que vale a pena?

Colarinho branco

Fui visitar meu pai na cadeia, como faço todo domingo. Ele estava abatido, amarelo, com hepatite. Achei que fosse encontrar meu pai na enfermaria, mas ele continua dividindo a cela dele com mais dezoito presos (agora são vinte). Minha mãe foi junto pela primeira vez. Ela ainda não perdoa meu pai. Mas toda vez que eu vou, ela faz bolo de fubá, que é o que ele mais gosta. A droga é que eles furam todo o bolo pra ver se a gente não levou alguma coisa dentro pros nossos parentes fugirem. Ouvi falar que até cocaína eles levam lá pra dentro, nas visitas. Isso acaba estragando as coisas que a gente leva, porém não temos culpa. Minha mãe ficou com pena do meu pai, ele sempre chora, fala que tá arrependido, que nunca mais na vida vai fazer aquilo.

Voltei muito revoltada, tanto eu como meu irmão, que é do segundo ano do ensino médio. Meu pai, doente, toma dez minutos de sol, fica num nojo de cela, junto com assassinos e estupradores, coisa que ele não é, sendo que um procurador, um juiz e três advogados ficam num alojamento especial, com tevês, telefones, biblioteca. Meu pai disse que eles roubaram um monte de dinheiro da Previdência (foi aí que entendi melhor o que tem saído na tevê), e que a vida que eles levam lá é de dar vergonha no ladrão mais pé de chinelo como ele. Disse que ele, que tem hepatite, não tem direito nem a um pouco mais de atendimento, que colocam ele na enfermaria e no dia seguinte liberam. Fiquei preocupada com ele, tão abatido e desanimado. Mamãe me contou, no caminho, que a esposa de um dos advogados passou direto com um monte de comida (até bebida tinha), sem nenhuma revista. Por acaso meu pai é mais ladrão do que eles?

Acho que, infelizmente, concordo com o pai dessa aluna. Perto dos outros, ele é bem pé de chinelo. É até principiante no ramo. Ele deve ficar muito danado por não ter nenhum colega ministro, preso por fraude, político envolvido com tráfico de drogas, entre tantos outros, lhe fazendo companhia no pátio, para um solzinho e, quem sabe, um aprendizado rápido sobre golpes, em três lições. Gostaria muito de dizer que o crime não compensa, mesmo sabendo que muitas vezes ele compensa e recompensa neste país do jeitinho. Muitos crimes continuam impunes. Não, minha amiga da redação, seu pai não é mais ladrão do que eles, não! O problema é tão grande! As leis também são um problemão: parece que há leis para uns, e leis para outros. Eu também gostaria que um dia fosse tudo diferente. Leis mais justas, crimes resolvidos, assassinos e bandidos punidos. Quaisquer que fossem. Quantos foram os pais que sentiram fome e roubaram? Quantos foram os que ainda não foram punidos por tantos crimes, tanto dinheiro roubado? Dinheiro de tanta gente, seu, meu, nosso. Me sinto culpada por não ter uma palavra de ânimo, e por no fundo, no fundo, acreditar ainda num Brasil melhor para essa família, para mim, para nós todos. Quero continuar acreditando que um dia vai ser diferente... Vai ser justo!

Novo

Assim como a senhora, também sou novo aqui na escola. Eu estudava numa escola particular, a senhora já deve até ter ouvido falar, a Escola Ativa. A mensalidade da escola estava tão alta que meus pais não puderam mais pagar... Aqui estou eu e meus dois irmãos. Minha mãe disse que se fosse "só" as três mensalidades (nem desconto pra irmãos eles dão), eles dariam mais uma apertada no orçamento... Mas o problema são os passeios, o uniforme de verão, inverno, a educação física e o material, que é cada vez mais caro. Ano passado, ela comprou vinte e quatro livros pra mim, que foram pedidos no material individual. Li nove. Não tivemos tempo de ler todos os outros. Minha mãe e meu pai bem que tentaram falar com o proprietário da escola, pediram um desconto. Daí pediram o holerite da minha mãe, que é funcionária pública, e o do meu pai, que é bancário. De nada adiantou. O dono disse que muitos, como nós, estavam indo para a escola pública, gratuita, que a sua escola era uma das melhores, e que se quisessem ter filhos mais aptos a enfrentar a "selva" da concorrência lá fora, que aguentassem o tranco... Ou que, então, fossem para a escola pública.

Meus pais tiveram uma conversa muito séria conosco a esse respeito. Colocaram todos os prós e os contras. Uns e outros eram muitos. Mas o lado pró pesou mais, e viemos para cá. Sei que vou sentir falta dos meus colegas, é perfeitamente normal, fico preocupado com alguma greve dos professores, com mais um monte de coisas, do tipo, será que o ensino é legal, será que vou aprender?

Mas agora, vendo a turma, as suas preocupações, que são as mesmas que as minhas, em construir um Brasil melhor, vendo que a senhora, através de uma simples redação, quer saber como sou, o que faço, o que penso, já sei o que vou dizer quando chegar em casa, após esse primeiro dia de aula. Bom começo pra senhora... E bom começo pra mim também!

Nada de nada

Não gosto de História, nem de Geografia, nem de Português, nem de Química, nem de Física, nem de Biologia, nem de Inglês, nem de Matemática, nem de mais nada. O que eu estou fazendo aqui? Eles dizem que a gente tem de estudar, então eu estudo. Fazer o quê... Também detesto escrever sobre mim. O que posso ter feito que possa interessar a alguém?

Tristeza sem fim

Passei um mês horrível. Um amigo meu, o Raul, aqui da escola, morreu num acidente de moto. Ele era um dos meus melhores amigos, a gente sempre saía junto, eu ia na garupa da moto dele pra cima e pra baixo. Quanta carona, quanto papo, quanta garota rolando no nosso pedaço. Era um cara cheio de vida, uma cabeça a mil por hora, sempre pronto pra qualquer coisa, qualquer lugar, a qualquer hora. Foi um choque. Sabe, ele havia passado em casa no domingo, pra gente dar uma volta, e eu acabei não indo porque minha irmã tinha tido nenê e eu ia visitar ela. Era tio pela primeira vez. Estava com o dinheiro do ônibus, quase pedi uma carona pra ele até o hospital, mas achei que era abusar do Raul. Quando voltei da maternidade, recebi a notícia que ele estava no hospital com morte cerebral. Depois fiquei sabendo que Raul já tinha chegado lá morto. Uns falaram que tinha tirado um "racha", outros disseram que um carro jogou ele longe.

A gente sempre conversava sobre o que ia fazer daqui a alguns anos, como a gente ia estar, e Raul sempre dizia que ia estar numa boa, que eu ia ver só. Era um cara super-humano. Uma vez, uma vizinha dele, quando foi acender a churrasqueira, jogou álcool e riscou o fósforo. Só que o fogo pegou na roupa dela. A mãe, no desespero, jogou água nela. Aí a roupa grudou toda no queimado, ela ficou em petição de miséria. Olha, o Raul fez um movimento aqui na escola, a gente nem conhecia a menina, contou nas classes, fez um estardalhaço, bolou festa disso e daquilo, rifa de perder a conta, bailinho, pedágio, tudo pra arrumar dinheiro pra Tabatha fazer as cirurgias. E ele conseguiu bastante dinheiro, viu? Dá pra sacar como ele era? Dá pra sacar como é que eu estou?

E agora, professora?

E agora, eu é que pergunto. Quem é a senhora, professora? De onde a senhora veio? É casada, tem filhos, é viúva, desquitada, é solteira, tem namorado? Onde mora? Tem tevê, tem telefone, computador? Vi que a senhora veio no mesmo ônibus que o meu, sentou no banco do lado. Quando entrou aqui eu a reconheci. Sei o que comeu no ônibus, vi que contou seu dinheiro do troco, derrubou uma moeda no chão, levantou e foi pegar. O que fez nas férias? Teve férias, pelo menos? Deu pra descansar, nem que fosse em casa mesmo? Posso ser indiscreto(a) (a senhora vai ter de descobrir quem eu sou)? Como consegue viver com o que ganha? Bobo(a) eu, não? Como todo brasileiro (a grande maioria, pelo menos): esticando aqui e ali, passando fome talvez, trabalhando muito e ganhando pouco, casa alugada, morando em pensão, sei lá... Mas eu gostaria de saber. Ou quem sabe a senhora, desculpe, você, veio dar aula aqui só por diversão, pra testar a gente, saber como somos, pra depois fazer uma tese — Alunos do ensino médio: onde vivem, o que pensam, o que fazem — eu estive lá. Isso não é incrível?

Sabe, a gente que é aluno(a), já viu de tudo um pouco, por isso não me espantaria se você fosse apenas mais uma professora, uma fada madrinha, ou alguém que quer ganhar dinheiro fácil, apesar de que ler tudo isso que a nossa classe está escrevendo não é lá ganhar dinheiro tão fácil, não! Quanto uma professora ganha por aula, professora? E por mês?

A propósito, essa experiência de contar a respeito das férias você vai fazer em outras classes? Devo duvidar ou não?

Sabe quem sou?

Quem seria o(a) aluno(a) perguntadeiro(a)? Fiquei intrigada. Quem estava no meu ônibus? Por que estava duvidando da minha boa vontade, do meu interesse? Será que era tão estranho que alguém, não muito experiente, confesso, se interessasse por eles, quisesse saber dos seus medos, suas angústias, seus anseios, seus passeios?

Nossa! Por onde andaria o meu "meio-gato" Hollerith? Meio porque ele aparecia apenas de vez em quando, nem sei de onde. Dei uma olhada pelo corredor e vi o meu pensionista deitado no

meu capacho. Pedir desculpas pro gato não adiantava nada...
Mas eu pedi... E com leite morno.

Hollerith se acomodou na minha cama e fui para o chuveiro,
pensando no(a) perguntadeiro(a).

Estava superintrigada com aquela redação do(a) "devo duvidar ou não?". Logo mataria minha curiosidade... Ou não?

Deitei na cama, tirei as redações de dentro dos diários e continuei...

(A) Normal?

Passei as férias preocupada com o terceiro e o quarto bimestres. Não fui muito bem nos dois primeiros. Já sou repetente, sabe, e meus pais andam muito bravos comigo por causa das notas. Eles falaram que se eu não passar vou ter de terminar com meu namorado, que é o meu namoro que está atrapalhando tudo. Eu acho que não, que não tem nada a ver. É que eu andei relaxando um pouco mesmo. Será que consigo recuperar? Esse negócio de pai ameaçar a gente não tá com nada. É só alguém me cutucar dizendo que eu tenho de estudar e que não posso sair com o Paulo, aí é que eu saio mesmo. Minha mãe disse que se eu passar ela me dá um relógio novo. Meu pai diz que é minha obrigação passar, que eu "devo" isso a ele, que ele nunca teve estudo nenhum. Sabe, eu acho que tenho "dificuldades". Será que sou normal?

Namoro proibido

Ando muito chateado, sabe? Apesar de ter tido umas férias legais, quando fui conhecer a família da minha namorada, achei que não fui recebido do jeito que esperava. Sei que as pessoas são racistas, não é a primeira vez que tenho problemas, mas pensei que a Flora tivesse conversado com os pais dela, sei lá. Foi muito chato. Eles ficaram olhando pra mim como se eu fosse um ET... Fizeram um monte de perguntas. Saí de lá muito aborrecido. No dia seguinte, falei com a

Fló ela me disse que 'tava tudo bem', que aos poucos eles iam se acostumando. Acostumando com quê? Com cor? E eu lá era uma roupa de uma cor diferente, que alguém leva pra casa, não é apreciada, e devolve pra loja, trocando por uma cor diferente? Por uma branquinha, por exemplo? Fiquei louco da vida e terminei tudo com ela. Ela chorou, falou que o racista era eu, que andava dizendo aqui na escola que namorava uma 'loiraça'. Bom, que eu chamava ela de 'loiraça' eu chamava, mas o que é que tem? Não vejo nada de mais nisso. A senhora vê? Bem que a minha irmã fala: 'Não se mistura com branco'. Ela tem razão. O Luciano acha que não, que isso é racismo da parte dela, racismo contra negro. É que o Luciano pensa diferente, sei lá. Ele faz parte de um grupo de dança, chama Liberdade e Axé. Eles estão resgatando danças e músicas africanas dos nossos antepassados e fazem uma reunião semanal para discutir o problema do racismo nos países. O Luciano acha que há racismo entre os negros também. Não sei como. Sabe que ele acha que quando eu chamo a Fló de 'loiraça', 'branquinha', eu estou, no fundo, no fundo, sendo racista também? Ele disse que talvez ela não goste. Tô com vontade de conversar com ela, professora. Hoje, no intervalo, ela ficou me olhando um tempão. Se a família dela não vai com a minha fachada, ou cor, sei lá, isso vai ser problema deles, não nosso. O que interessa é a gente e só.

Muito treino

    Pouca gente sabe aqui na classe que eu treino atletismo. Nessas férias, aproveitei pra melhorar meu tempo. Eu sei que vou conseguir. É tudo o que eu quero. Quando chego suada aqui, as meninas fazem aquela cara. Não posso chegar perfumada como elas, porque eu venho correndo, não dá tempo nem pro banho. Agora acho que vai dar, porque estou treinando mais cedo. A senhora acha que eu gosto de chegar aqui suada?

    Conheci um carinha lá onde eu treino. Ele corre também. Ele tem marcado o meu tempo e eu o dele. Ele faz escola técnica. Tá no segundo ano de Mecânica. Combinamos de sair no próximo sábado. Ele vai passar na minha casa. Vamos assistir ao jogo de vôlei do Banespa contra o Minas. Não sei o que minha família vai dizer dele. Ele é branco.

Heavy *férias*

Tava na maior, meu. Nessas férias rolou uma grana e aí pintou o meu tão esperado som. Comprei uns CDs e gravei um rock *da pesada. Meu negócio é o* rock *pesado dos anos sessenta e setenta, como o Deep Purple e o Black Sabbath, entre outros.*

Fui também num show *de* rock, *tava meio sonzão, rolaram umas minas e coisa e tal, até que pintou sujeira: tinha um carinha lá, enfezadão, que não gosta de banda* heavy. *Aí foi arrumar encrenca com a gente, sabe, na maior agressão. Sobrou pontapé pra todo lado, soco, e o cara de nariz sangrando e tentando engrossar com a gente por causa da opinião dele. Opinião é opinião, ora. Cada um gosta do que quer, eu não encho o saco de ninguém pra gostar do que eu gosto. Dona, você gosta de* heavy?

A.D.A.

Não sei se teria conseguido o que tenho conseguido sem a ajuda do meu pai e dos meus irmãos. No começo achei que fosse ter o maior enguiço. Pra falar a verdade, teve. Eu sou drogado. Viciado mesmo. Primeiro foi cola, depois na falta da cola, xarope, remédio misturado, maconha. Quando parti pro pó, aí dei bandeira, e o pessoal de casa percebeu. Precisei roubar porque o dinheiro não dava. Roubava coisa da escola, bicicleta dos caras, até atlas eu pegava. Tudo pra dar dinheiro. Cheguei a roubar aparelho de som e blusa de butique. Entrava e experimentava, enfiava por baixo da roupa e saía na boa. Fui pego. A sorte (eu acho que é sorte, se a senhora não acha, imagina se é outro que me pega, eu tava em cana e não tinha me livrado do vício) é que o dono do desmanche de carro (levei um carro lá que eu ajudei a roubar) é amigo do meu pai. Ele me reconheceu e avisou meu pai. Aí, sim, foi um fuzuê. Meu pai chorou muito, me lembrou da mãe quando era viva, como é que ia ficar, reuniu a família, fiquei morto de vergonha. Ele quis saber o que é que eu pretendia fazer. Eu disse que não aguentava mais, que tinha de parar. Ele disse que, se eu queria mesmo, ele ia ajudar. Ele quis saber por que, mas tem certas coisas que a gente não sabe explicar. Ele disse que a falha talvez fosse dele, que nunca conversava direito comigo, que era meio quietão, trabalhava no pesado o dia todo, chegava em casa só queria um banho, a janta e a cama. Acho que não. Acho que a culpa era minha mesmo. Meu pai resolveu procurar ajuda e eu comecei a frequentar a A.D.A., que quer dizer Associação dos Drogados Anônimos. Lá, a gente nem precisa dizer o nome, se não quiser. No começo foi difícil, não pense que foi fácil não. Eu até sonhava com a coisa, acordava suando frio, tinha arrepio e tudo. Mas o pessoal dizia que era assim mesmo no começo. Meu pai ia junto, coitado. Aliás, ele vai junto comigo, quando não é ele, é um dos meus irmãos. Amanhã faz um mês que eu entrei e não me arrependo nem um pouco. Queria levar mais gente que eu sei que tá transando droga, mas não é fácil. A pessoa tem que querer um pouco, também. Aqui na classe tem um, sabe. Pra ele vai ser mais fácil porque tá no começo ainda. Ele consegue a droga na saída. Parece que tá revendendo também. Tem um cara que passa, já é conhecido da moçada. Tenho medo de falar, sabe? Ele pode querer me pegar, porque eu deixei de dar dinheiro pra ele. Vê como é difícil? Tava pensando em mudar de escola, mas não sei se vai adiantar não. Ele pode me seguir de moto. É um cara perigoso. Dizem que o Jaqueta já até matou nego que dedurou ele. Dona, torce pra mim. Tá tão legal a minha vida agora. Meu pai tá mais pai, tem tempo pra mim, apesar da canseira, e até tenho saído com uma menina, a Miriam. Ela tá me dando a maior força. Torce pra mim, dona.

Fiquei na maior aflição assim que li essa redação. Quem seria o tal Jaqueta? Como é que eu poderia descobrir? Impossível que o rapaz estivesse mentindo. Quem seria o outro que estava começando? Como eu ia saber quem era quem? Resolvi continuar lendo as outras redações... Quem sabe descobria quem era o outro também.

Temporária

Trabalhei de babá nessas férias. A menina é uma gracinha. Os pais trabalham o dia todo e eu ficava pajeando. Gostei porque consegui um dinheiro. Estava precisando dar uma ajuda em casa, sabe como é, os tempos estão difíceis.

Sessão da tarde

Comi pipoca e vi Sessão da Tarde o mês inteiro.
Fui no Playcenter um dia e foi só.

Férias de sonho

A senhora gosta da Xuxa? Eu adoro! Fui para o Rio de Janeiro, de excursão, só pra ver ela. Dona, ela é igualzinha na tevê. Ela é linda, tem um cabelo lindo, olhos lindos. Fiquei gritando o tempo todo. Era tudo o que eu queria ver. Minhas amigas deram risada quando eu contei, mas eu nem liguei. Fui conhecer o Rio, só fiquei três dias na casa de um tio, mas o que mais gostei foi da Xuxa mesmo. Na saída do teatro, a gente ficou amiga do segurança e ele até deixou a gente chegar mais perto dela. Eu agarrei ela e dei um beijo nela. Ela falou 'passa', mas não faz mal. É porque todo mundo quer agarrar ela, então ela cansa. Eu queria ser a Xuxa, por um dia... Mas só de ter dado um beijo nela já me deixa feliz.

Minha culpa!

Não tenho quase nada a dizer. Estou querendo sumir do mapa, parece que nada mais existe. Meu namorado, o Raul, que eu amava tanto, quer dizer, amo ainda, morreu num acidente de moto. Não tenho mais vontade de nada, nem de estudar, nem de sair, nem de conversar. Sabe, era pra eu estar na garupa, aquele dia. O Raul passou na casa do Marcelo, mas o Marcelo acabou não pegando carona com ele. Aí ele passou aqui, e eu não tava pronta, pedi pra ele dar um tempo. Eu falei: 'Uns quinze minutinhos, vai', lembro como se fosse hoje. Ele deu risada e respondeu: 'Quinze minutinhos de quantas horas?'. E saiu com a moto. Saí do banho, me arrumei e fiquei esperando e nada dele chegar. Foi me dando uma aflição, uma coisa de pressentimento mesmo. Minha mãe deu risada... Ela achou graça. Só que ele nunca demorava. Quando foi nove e meia, eu já tava com uma raiva danada, achei que ele tivesse me trocado por algum amigo dele, liguei pra Lucimara e ela me tranquilizou. Acabei pegando no sono. Às onze horas, um primo dele, o Ique, tocou aqui e foi aquela correria. Disse que o Raul tava no hospital, muito mal. Eu gritei, eu chorei. Eu sabia que tinha alguma coisa errada. Quando a gente chegou no hospital, ele já tava morto. Morto, entende? Junto com ele eu morri. Eu fui culpada. Devia ter falado pra ele esperar. Mania de fazer namorado esperar. Por que não saí do banho? Por que não fui com ele? Teria acontecido diferente. Não tive coragem de contar pra mãe dele nem pro pai que ele tinha morrido por minha causa. Era o cara mais incrível que conheci. A gente tava completamente apaixonado um pelo outro. Ele dizia que era uma coisa de pele. Eu não sei o que vou fazer agora. Não consigo dormir, fico rolando na cama, lembrando dos beijos dele. Eu ardia feito fogo. O pessoal aqui da escola adorava o Raul. Ele era um tipo meio líder, inventava as coisas mais malucas do mundo, todo mundo ia atrás, contava piadas toda hora, ria alto, tirava as melhores notas, tinha um monte de meninas no seu pé. E ele escolheu a mim. E eu acho que sou a culpada pela morte dele. Como vou continuar vivendo assim? Acho que tudo acabou.

O que é que eu faço?

Estou com muito remorso, mas precisava desabafar. Estou com pena da Val, que era namorada do Raul. Acontece que eu também era. Depois que ele passou na Val, parou em frente de casa. Fazia algum tempo que a gente tava na paquera. O Raul estava de moletom azul-marinho, lindo, lindo, me deu um abraço e um beijo gostoso. Perguntei pra ele se já tinha conversado com a Val e ele disse que ela não tinha saído do banho ainda. Fiquei brava com o Raul. Não queria confusão com ela, ainda mais porque estamos na mesma classe. Ele me pegou pela cintura, do jeito que só ele sabia fazer, e me deu um beijo na nuca. Puxou meu cabelo pro alto e disse: 'Vem cá, paixão... Fica brava não, daqui a pouco vou até lá pra explicar pra ela. A Val vai entender, você vai ver... Não vai gostar, mas vai entender!... E depois, sabe como é, tem o bebê, *né?'. A única coisa que ficou: o nosso bebê. Só nós dois sabíamos. Mais ninguém. Foi em maio. A festa tava no fim, todo mundo tava indo embora. A gente foi ficando. De repente, o Raul disse que queria dançar comigo, mas dançar à moda antiga. A gente já tinha namorado antes, mas fazia algum tempo. Sabe o que ele me disse no ouvido? 'A gente tem uma coisa de pele, sabia? E isso é mais forte que tudo!' Devo ter engravidado nessa noite. Estou de quase três meses. Estou querendo dar um tempo pra contar em casa, vai ser aquele auê. Ainda não deu pra notar porque tenho vomitado muito, então não engordei nada, até emagreci. Tenho certeza que os pais dele vão me aceitar. É, porque os meus eu não garanto. Por mais que eu explique que é a única coisa que restou entre eu e ele, vão ter um ataque. Com dezesseis anos, mãe solteira e viúva. E pensar que o Raul morreu a caminho da casa da Val, pra contar que a gente tava junto. Eu não devia ter insistido com ele pra ir falar com ela. Devia ter deixado. Tenho me sentido culpada. Acho que queria mostrar pra ela que quem tinha conseguido ele era eu. Agora adianta eu ter conseguido? Não sei como vou esconder a barriga muito tempo. Será que se eu falar com os pais dele resolve? Sei lá, de repente dão uma força lá em casa. Minha mãe vai me matar. O que é que eu faço?*

Férias de julho

Meu Deus, quanto pepino! O que eu tinha feito? Havia pedido simplesmente uma redação sobre as férias e tinha arrumado pelo menos três quilos de confissões. Eu não era nenhum padre para passar penitências, nem psicóloga para indicar alternativas, nem médica para fazer um pré-natal, nem assistente social, nem agência para indicar empregos para desempregados. Uma professora muitíssimo mal paga, admitida em caráter temporário, para resolver ou pelo menos tomar conhecimento de uma série de problemas. De que jeito iria ajudar?

Passei a noite rolando na cama. Tinha tantas outras preocupações mais importantes. Meus alunos com problemas não iam pagar meu aluguel do próximo mês, muito menos minhas contas de luz, condomínio, supermercado.

Ia ter de acender velas, se a luz tivesse mais um aumento.

Resolvi não ler mais nenhuma redação. Paciência. Eu não ia conseguir consertar o mundo.

Dormi muito mal, sonhando com todos os alunos. Alguns gritavam, pedindo socorro. Eu usava uma capa de mulher-maravilha, extremamente espalhafatosa e de um mau gosto tremendo. Gritava com voz esganiçada: "Estou indo, crianças! Vou salvá-las!".

Acordei com a campainha tocando. Era meu vizinho da PUC. Queria saber se eu estava passando bem, pois tinha ouvido gritos. Quase morri de vergonha. Expliquei pra ele que estivera tendo pesadelos, mas que naquele momento já estava tudo bem.

Ele saiu com uma cara meio ressabiada.

Atrás do ressabiado, nem bem terminei o café, chegou meu primeiro aluno particular do dia. Desliguei o rádio que acabara de ligar e comecei minha aula. Tinha de pagar todas as minhas contas atrasadas e mais as do próximo mês, e quem me garantia isso eram cinco alunos particulares... Porque, depois da licença da outra professora, eu ia ter de ficar caçando aulas pela cidade.

Assim que cheguei à escola, vi que tinha algo errado. Havia uma multidão no portão de entrada, alguns policiais e a tevê, com dois ou três jornalistas. Havia um pessoal da rádio também.

A diretora e a assistente, assim como dois professores, estavam prestando declarações... Sobre o quê, eu não sabia.

Ouvi um *zum-zum* nos corredores, mas, com a pressa que eu estava, corri até a sala dos professores. Lá, eu ficaria sabendo de toda a novidade.

— Já soube? — a professora de Desenho perguntou.

— Do quê? — respondi com outra pergunta.

— O Valdo, deve ser aluno seu também — a Meire adiantou.

— Eu ainda não conheço ninguém... — respondi.

— *Overdose.* Ontem à noite... Foi encontrado caído aqui na pracinha, na esquina da escola. É por isso que está esse rebuliço aí fora. Um menino bonzinho, aparentemente sem problemas.

Fiquei completamente gelada. Dei uma disfarçada e folheei rapidamente as redações.

"Não sei se teria conseguido... Torce pra mim, dona."

Sem nome. Como é que eu ia descobrir se era ele o garoto que havia morrido de *overdose*? Eu nem sabia quem era quem! Burra. Devia ter pedido para que escrevessem os nomes. O primeiro, pelo menos. Ou as iniciais. Talvez não fosse ele, podia ser o outro... É... aquele a quem ele havia se referido...

"Aqui na classe tem um, sabe..."

As palavras martelavam na minha cabeça. Não conseguia ouvir mais nada do que os professores falavam. Corri para o toalete. Estava me sentindo mal. Vomitei. Me tranquei dentro do banheiro e corri a procurar as redações que ainda não tinha acabado de ler. Devia ter algum indício, alguma coisa que alguém insinuasse.

Comecei a procurar.

Férias caretas. Não.

Férias na avó. Também não.

Programa livre. Não.

Minha mãe, uma amiga. Não. Sim.

Acidente de moto. Mais uma namorada do Raul e eu nem sei o que faria. Não. Um acidente de um aluno do terceiro ano. O rapaz está em coma há quinze dias na UTI... Não. Pelo menos agora.

Briguei com meu namorado. Não.

Acho que tenho um problema sério... Devia ser esse!... Não. Dizia que não gostava de História. Tudo bem. Isso não era assim tão sério!

Não posso escrever muito... Preciso de ajuda.

Achei. Era esse. Mas quem? Qual dos dois teria morrido? Qual era o Valdo? O Valdo estava morto. Precisava saber quem tinha escrito o quê. Sobrara um... E esse eu não poderia deixar escapar. Precisava de ajuda.

Resolvi dar uma olhada rápida nas outras redações, mas, à primeira vista, não consegui encontrar nada.

Voltei à sala dos professores. A primeira aula havia sido suspensa.

Achei que seria melhor eu ficar quieta quanto às minhas pistas e pedi para a Rosa que guardasse meus diários de classe com as redações em seu armário, já que o dela era um dos únicos com chave. Depois de verificar se estavam bem trancados, fui até o pátio. Os alunos estavam nervosos, o clima era péssimo. Encontrei alguns professores conversando com os alunos.

Fui até o portão da escola. Reconheci um dos investigadores. Era primo de uma amiga minha, a Sueli.

— Foi *overdose*, mesmo? — perguntei em voz baixa.

— Ô Rosemeire, você está dando aula aqui? — ele perguntou.

Mais indiscreto, impossível... Duzentos alunos olharam para nós. Era tudo o que eu não queria naquele momento: indiscrição.

— Tô — sussurrei. — Cadê o aluno?

— Está no IML. Ingestão de *crack*. *Overdose*. Morreu na hora. Vai ficar lá pra exame de vísceras. A família tá como louca.

Resolvi arriscar.

— E o pai? Como está?

— Está desesperado. Levaram para um pronto-socorro. Não tem mãe.

Pronto. Era ele. Senti vontade de vomitar de novo.

— Não tem irmãos também. Coitado desse pai.

Não era ele. Era o que tinha pedido socorro. E agora, o que eu ia fazer? O tal Jaqueta teria alguma coisa a ver?

— Pra mim, isso é queima de arquivo. O mocinho tinha marca nas mãos. Não foi encontrado amarrado, mas tinha marca nas mãos. Sei não...

Achei melhor sair dali. Nem peguei o telefone do "Delega". Podia estar sendo observada... O rapaz era meu aluno, tinha feito a redação...

A diretora dispensou os alunos e os professores. Todo mundo estava com a cabeça quente.

Passei a mão nos meus diários e nas minhas benditas (já nem sabia mais se eram benditas ou não) redações. Abençoei a carona da Meire por vinte vezes consecutivas, e por mais quinze quando ela me deixou na porta do prédio.

Suspirei aliviada e entrei correndo.

Tomei um banho e deitei, embrulhada na toalha, os cabelos ensopados, e chorei. Estava com medo, me sentindo responsável por algo que nem sabia o quê.

Acabei pegando no sono. Acordei com fome. Tudo o que consegui comer foi uma maçã e uma cenoura ralada. Quando acendi a luz do abajur da sala, vi que havia um papel embaixo da porta. Peguei o papel com a mão tremendo ainda. Desdobrei a folha. Estava escrito com uma letra tremida:

Dona, não tenho muito tempo pra explicar. Sabe o cara que morreu de overdose*? É, aquele que encontraram na pracinha da escola. Foi* crack *mesmo. Ele era da minha turma da pesada. Foi ele que me animou a largar de uns tempos pra cá, sabe? Tenho certeza que aquilo é um aviso pra mim: 'Primeiro foi ele, o próximo é você!'... É coisa do J., dona. Deu* crack *pra ele, fez pra matar, pra parecer* overdose*. Mas eu garanto que ele não tava mais nisso, não. Eu garanto. Estou preocupado e nervoso, dona. Foi ele que me convenceu primeiro a entrar pro A.D.A.... Por que iria voltar pra coisa em poucas semanas? A gente vai dar uma sumida enquanto a coisa não esfria, vai se enfiar num buraco qualquer por aí, porque se a gangue do J. pega a gente... Guarde as redações, dona. Se ele descobre que eu andei dando com a língua nos dentes pra senhora, a dona tá frita! Dona, é até melhor a senhora rasgar essa carta e dar um fim nas redações. Fica tranquila, a gente sai dessa. Fica calminha e não conta pra ninguém, entendeu?*

Ficar calminha, eu? Mas eu estava calmíssima. Imagine se não havia entendido. Estava tudo tão claro! Claro como o rio Tietê.

Quem tinha morrido, afinal? Outro aluno meu? Qual deles? De que classe? De uma coisa tinha certeza: não era o que tinha pedido ajuda, muito menos o do A.D.A. Ótimo. Agora eu já tinha pelo menos uma inicial. A letra P. De PERIGO!

Quando a campainha tocou eu levei o maior susto. Devo ter gritado, porque, quando abri a correntinha do pega-ladrão (era a primeira vez que usava), dei de cara com o meu vizinho.

– Chegou mais cedo? Aconteceu alguma coisa? Foi só tocar a campainha e você deu um grito!

Fiquei tentada a dar-lhe um beijo e chamá-lo de "salvador da pátria". Naquela hora, mais valia um vizinho de frente na mão do que um medo me sobrevoando. Enquanto arrumava uma desculpa do tipo "não, era um sapo..." e ouvia respostas do tipo "um sapo em apartamento?"... acabei ficando cismada e achei que ele tinha algo a ver com aquilo tudo. Ele estava usando uma *jaqueta*. Podia ser o tal. *Ele tinha uma moto...* Fiquei desesperada. Podia estar enxergando coisas. Pelo sim, pelo não, falei que estava com um assado queimando e bati a porta com toda a delicadeza que pude reunir.

Precisava colocar meus pensamentos em ordem. Tinha de falar com alguém. Mas a coragem de sair até um orelhão desapareceu completamente quando ouvi um barulho de moto. Estava completamente paranóica. Imagine quantas motos existiam em São Paulo, no meu bairro, na minha rua!

Resolvi ligar a tevê. Como é que não me lembrara dela antes?

Passou tudo quanto foi coisa. Quando já estava ficando desanimada de ver tanto comercial, apareceu um noticiário de última hora:

"Mais detalhes quanto à morte do estudante Valdo dos Santos Camado você vai ver no jornal das vinte e três e trinta".

Fiquei mudando de canal, mas acho que as emissoras de tevê tinham combinado de segurar a notícia, para nos prender acordados até o início da madrugada. Dito e feito. O jornal começou quinze pra meia-noite. A notícia ficava sempre para o último bloco. Anotei cuidadosamente as informações dadas pelo repórter. Valdo era aluno de outra classe que não as minhas.

O duro é que alguém havia morrido. Valdo, Aldo, Hildo... Não importava. Alguém, jovem ainda, havia sido morto, induzido a consumir *crack*.

Suas mãos estavam com marcas profundas, os pés também. Não havia pista alguma, a não ser um bilhete, com palavras recortadas de algum jornal: *Não me atrapalhe.*

A polícia ia começar a interrogar alguns alunos e professores. Queriam saber mais detalhes da vida do menino, com quem andava, quem eram seus amigos, se era realmente viciado. Pelo noticiário, supunha-se que ele não era um cara manjado... talvez um iniciante no ramo. O exame das vísceras só ficaria pronto em dez dias. Pelo exame, as coisas tomariam um outro rumo.

Acabei dormindo depois do terceiro noticiário sobre o menino. Sonhei com o rosto dele a noite toda, pedindo ajuda. Não era meu aluno, e agora estava morto. Teria pedido ajuda a alguém? Só Deus saberia.

Levantei cedo, acordada pela campainha. Meu aluno particular. Não tinha a menor condição de dar aula. Dispensei o aluno, pedindo mil desculpas. Provavelmente ia ficar sem luz, sem água, sem gás, sem condomínio, sem apartamento.

Tomei uma decisão: primeiro, a diretora da escola, sua assistente e imediatamente depois, a polícia. Não é assim que se faz nos filmes? Nem sempre nessa ordem, acho, e nem sempre com uma diretora. Bem, na realidade, precisava esperar até segunda-feira. Os alunos do noturno tinham aulas aos sábados, mas eu não!... Se o tal Jaqueta estivesse na porta da escola, disfarçado de aluno, eu nem perceberia... Mas ele já poderia saber sobre mim. Calma, Rosemeire, calma. Abri a porta para o Hollerith e contei tudo pra ele. Tudo bem, um gato não entende. Mas pelo menos guarda segredo.

Hollerith me fez companhia no sábado e no domingo. Minto. Eu fiz companhia pra ele e vice-versa. Tomou todo o meu leite e miou tanto no domingo que precisei abrir a porta da sala para que ele fosse passear por aí, como sempre.

Não sei como sobrevivi ao domingo. Com muito medo, claro. Deixei a televisão ligada o dia inteiro, mudava de canal a toda hora, mas quando conseguia pegar um noticiário ouvia um boa-tarde, boa-noite.

Segunda-feira cedo e eu estava uma monstra. Estava com os nervos tão à flor da pele que acabei pisando no rabo do Hollerith. Será que havia deixado a porta aberta? Louca.

Meus alunos chegaram. Chegaram e voltaram para as suas casas porque eu não tinha a menor condição de dar uma aula... Nem uma aula muda.

Não sei o que comi. Só sei que, quando saí, o seu José Carlos me entregou um papel.

Fiquei com medo de abrir. E se fosse a carta anônima? E se fosse uma ameaça do Jaquetinha?

Gelos à parte, bilhete da Meire:

"Rose: Hoje não vai haver aula. Achei melhor prevenir você, para evitar de bater uma pernada lá à toa. Na quarta, tudo normal. Abraços".

Alívio. Voltei para o apartamento... Pela escada, já que os elevadores estavam quebrados, para variar um pouco.

Quando estava no décimo andar, em meio a uma escuridão pavorosa, ouvi uma conversa:

— Será que vai dar certo?

— Pra tudo... digamos... tem jeito. Compreendeu?

— Falô, cara.

A voz do Carlos. Eu tinha certeza. Coisa mais esquisita!

Fiquei esperando os dois subirem. Depois de um tempão, a porta do apartamento dele bateu e eu pude parar de tremer um pouco, sair do degrau que estava e ir subindo a escada.

Algo passou mole no meio da minha perna:

— AIIIIIIII!

Depois dessa não me preocuparia mais com enfartes. Hollerith! Isso era hora?

Passei a tarde toda defronte da tevê... Só que devo ter cochilado, porque, quando acordei, já passava das sete da noite.

Comi um misto frio e me plantei de novo pertinho da televisão. Não dava pra acreditar. A luz acabou e fiquei no escuro até não sei que hora.

Resolvi dormir, já que não tinha outro jeito.

Acordei com o Hollerith em cima da barriga e tratei de colocar, depois do café, esse abusado para dar uma volta. Nem meu ele era... Ou já se considerava?...

Não pude escapar da Camila e das outras duas que vieram para a aula.

Elas, para o meu azar, só ficaram falando do coitado que morreu de *overdose*.

Depois do almoço, Ipe e o seu primo apareceram. Não pude escapar de novo. Precisava do dinheiro das aulas. Acabaram pedindo um apoio num trabalhinho de História. Apontei alguns erros para que refizessem em casa. Eles me olharam esquisito quando falei que "o Coronel Jaquetinha" era uma peça fundamental na máquina.

Tudo misturado na minha cabeça! Eu só pensava naquilo!

Banho, lanche, dor de cabeça, miado de gato, campainha.

Olhei pelo olho mágico. Dez horas. O que o Carlos queria?

Resolvi não atender.

O que fazer com uma televisão quebrada? Ficar sem noticiário? Espiei o fio. Hollerith tinha comido um pedaço! Além de comer o meu *hollerith*, estragava minha tevê?

Fiquei lendo as redações. Dormi.

Acordei cedo, digitei aquele maldito/bendito trabalho e fui para o supermercado comprar *sobrevivência*.

Almocei mais cedo, vesti uma calça *jeans* tipo "briga", um moletom e enfiei as duas redações dentro da meia, hiperdobradas. Não ia correr nenhum risco de carregá-las na mochila. Deixei o cabelo solto, passei um batom, correndo, para sair do clima "*dark-funesto*" e desci. Assim que comprei o jornal para espiar as notícias, o Carlos me para:

— Sobe aí, te dou uma carona.

— É que eu vou pra escola e é meio longe.

— Tô de moto. Eu te levo.

Olhei bem pra ele. Parecia tão inocente! Até achei que ele era bem bonitinho. Bonitinho, não. Esse moço era bonitésimo, à luz do dia. O problema era a jaqueta. Eu estava muito invocada com aquela jaqueta. Enquanto me decidia entre subir ou não subir na moto, vi passarem uns três rapazes de moto, com jaqueta... Aceitei o convite.

— Tá só com a mochila?

Por que ele queria saber? Se soubesse que iria fazer essa pergunta, não teria subido.

— Sabe onde fica minha escola? — perguntei.

Ele disse que sim.

— Segui você um dia desses, sabia?

Quase caí da moto. Esse cara era estranho.

Quando paramos num sinaleiro, tive a confirmação: dois caras, numa moto, os dois com jaquetas, apontaram uma arma pra nós.

— Vai passando tudo o que tem.

— A mochila, moça! Anda!

— Passa o relógio aí, cara!

— Dá o tênis, moça. Anda!

Ah, aquilo era sermão encomendado. Eles queriam as redações. Acontece que estavam bem dobradinhas dentro da meia.

— A jaqueta, cara.

O sinal abriu. Os dois voaram com a moto, a jaqueta do meu vizinho esquisito e meu tênis.

— Droga! — o Carlos reclamou.

— Droga, digo eu! Por que não levaram sua moto? Você não acha isso estranho? — perguntei, gelada de medo.

Carlos encostou a moto na calçada. Descemos. Ele respirou fundo. Ficou vermelho e respondeu:

— Por acaso seu tênis vale mais que a moto? Quer que eu a reembolse?

Fiquei danada. Virei as costas e fui andando a pé, mesmo.

— Sobe aí — ele gritou.

— Nem morta — respondi.

— Pelo menos tire as meias... Ou guarda ouro aí dentro?

Fiquei tentada a dar parte dele para a polícia. Devia ser coisa mandada. A não ser que eu estivesse com muita mania de perseguição.

Na primeira loja que vi, entrei, disfarcei e tirei as meias dos pés. Guardei as redações debaixo da blusa e corri o mais que pude até a escola. Na esquina, disfarcei (se é que uma professora descalça pode ter "ar de disfarçada") o quanto pude e entrei na escola. Sorte eu não ter colocado nada dentro da mochila, a não ser meus livros. Nem o meu dinheiro do lanche estava lá. Bendita hora em que eu tinha pensado na possibilidade de alguém estar me seguindo.

Assim que entrei na escola, fui direto para a sala da dona Lurdinha. Primeiro expliquei por que estava sem os tênis.

Depois de mil coitada, acalme-se, relaxe, ela tirou um par de sapatos de dentro do seu armário e gentilmente me emprestou. Pra quem estava descalça e calçava 35, um 39 quebrava um galhão... Mesmo sendo vermelho, de salto alto!

Daí, sim, criei coragem e comecei a contar. No começo, me atrapalhei um pouco, mas ela foi entendendo.

— Por que não nos contou isso antes? — ela quis saber. — São informações importantíssimas.

— Teríamos tomado providências! — continuou a assistente, que até então estava ocupada em me arrumar um chá com bastante açúcar.

Quando ia entregando as redações para ela, ouvimos a inspetora de alunos falar:

— Não pode entrar, moço. Ela está em reunião.

— Pois eu vou entrar, moça, quer você queira, quer não. Preciso falar muito com alguém que entrou aí.

Corri e tranquei a porta. Coincidência ou não, eu queria me prevenir.

— A polícia, rápido... — as duas sussurraram.

Peguei o telefone. Minha mão tremia tanto que não conseguia discar.

Uma das duas tirou o telefone da minha mão e discou.

— Polícia, rápido. É uma emergência... — explicou dona Lurdinha.

— De que tipo?

— Ora, de que tipo... É um caso de vida ou morte.

— De quem? — perguntou o "do outro lado".

— Aqui é da Escola Técnica...

Ouvimos a voz de novo.

— Se elas não abrirem, eu vou ter de arrombar.

— Anota aí, moço... Rua... Como, não tem caneta? Se dá para esperar acabar o café? Não é brincadeira... Tem alguém tentando entrar aqui na minha sala...

— Agora eu entro! — gritou lá de fora.

— Nem morto! — gritamos.

Ele perdeu a paciência.

— É a polícia, droga! Abram esta porta, vocês!

Abrimos. Imagine! Três bobas. Era o delegado e o investigador. E aí foi a minha vez de contar tudo.

Os dois quiseram tomar nota tintim por tintim. Disseram que com essas informações teriam um começo.

— Esse tal de Jaquetinha que a senhora mencionou não me é um nome estranho!... Acontece que vim removido de outra delegacia e não estou bem a par dos meliantes, traficantes e carniceiros do bairro.

Ele achou melhor ficar com as minhas redações e sugeriu que eu não fosse para casa.

— Sabe como é... Esse pessoal é perigoso... Melhor ficar em segurança em casa de alguém... Se ausentar por alguns dias.

Olhou em volta e gritou:

— Soldado Donato!

O investigador deu um sorriso meio sem graça e explicou:

— O Donato estava sem almoço. Foi comer um "mortandela" no bar da escola.

— Bem, eu mesmo anoto. Onde a senhora vai ficar hospedada?

E eu sabia? No apartamento do Carlos é que não era.

Sônia ofereceu a casa dela, já que ficava bem longe da escola. Aceitei.

— Como faço sem as minhas roupas? — perguntei.

— Posso ir buscar pra você — dona Lurdinha ofereceu. — Só que vou buscar amanhã. Os alunos estão muito alvoroçados hoje. Deixe a chave do seu apartamento comigo e o endereço. Amanhã eu levo até à casa da Sônia, está bem?

O delegado, Dr. Sandoval, pediu que eu me acalmasse. Queria que eu desse uma espiada nas fichas informativas dos alunos, já que nelas havia fotos deles, filiação, endereço, etc.

— Esse aluno que escreveu, como pode ver na redação, não tem mãe.

Acabei indo meio pelo "tapa". O único aluno que não tinha mãe era um moço chamado Edson Duarte. Esse devia ser o que frequentava a A.D.A. Segundo a Sônia, que conhecia bem os alunos, o Edson A.D.A. estava sempre com um rapaz da classe, o Devair dos Santos. Devia ser esse o carinha a quem o A.D.A. se referia como o D. Tinha também a tal da Miriam, namorada do A.D.A. Edson...

A Sônia, macaca velha de intervalo de aula, matou logo quem era a menina, a classe e o endereço.

Passamos os três endereços para o investigador, que não parava de mascar chicletes.

— Manteremos contato com a senhora... E também deixaremos o soldado Donato montando guarda na frente da casa que a moça vai ficar.

Nos dispensou e ficou na sala da dona Lurdinha fazendo umas anotações.

O investigador nos levou até o carro da polícia, estacionado na viradinha da esquina.

Imagine se alguém deixou de reparar nos meus sapatos vermelhos imensos!

Bem, acho que o carro da polícia chamava mais a atenção ainda: era um furgão imenso, escrito "GARRA" por todos os lados.

— Acorda, Donato. Leva essas duas (essas duas eram Sônia e eu) até a casa delas e monte guarda, entendeu? Qualquer coisa suspeita, entra em contato, entendeu?

Depois do "entendeu", percebi que o cabo Donato tinha realmente acordado.

Já que não tinha jeito mesmo, fomos para a casa da Sônia.

Depois de um trânsito louco de cinquenta e cinco minutos, chegamos.

O cabo estacionou o furgãozinho discreto bem na frente da casa e ficou por lá.

Sônia foi logo me oferecendo um chá com bolachas.

Aquilo me caiu como um néctar dos deuses. Estava ainda meio baratinada com tudo, mas procurei me distrair com seus filhos, que estavam me achando com cara de heroína de novela mexicana.

Tomei um banho glorioso, coloquei uma roupa emprestada da Sônia e espiei pela janela pra ver se o furgão ainda estava lá. Estava. Não só estava, como agora tinha mais um, novinho em folha, preto reluzindo, com o "GARRA" escrito em letras maiores. Havia agora pelo menos cinco policiais armados vigiando a casa.

Eu estava metida numa encrenca, mesmo.

Quando o marido da Sônia chegou, foi interrogado por meia hora lá fora. Mostrou CPF, RG, cartão de crédito, foto da esposa, dos filhos, conta de água, luz, telefone. Acabou entrando.

Sônia contou tudo. Mais um que veio conversar comigo.

Jantamos. Acho que esse havia sido meu primeiro jantar em semanas.

Juliana e Arthur não paravam de falar. Queriam me levar pra todo canto da casa, ver seus brinquedos, contar tudo de novo.

— Sabe que isso daria um livro? — Juliana sugeriu.

— De suspense, terror e mistério! — Arthur arregalou os olhos.

— Será?...

Consegui me distrair. Depois das oito não nos restou fazer outra coisa a não ser ligar a tevê.

Ficamos na sala. Acabei pegando no sono. Não vi mais nada.

Acordei às 10:20 do dia seguinte, completamente baratinada. Juliana, sentada na cama ao lado, me oferecia um copo de suco de laranja.

— Bom dia, tia. Dormiu bem?

Puxa!... Foi a coisa mais gostosa da minha vida dar de cara com uma menina tão fofa, da bochecha gordinha, lábios vermelhos, com um copo cheinho de suco de laranja pra mim.

— Se dormi? Se pedra dorme, pode me chamar de tia Pedra, pra sempre.

Ela deu risada.

Eu estava louca por notícias, principalmente dos meninos e da dona Lurdinha. Devia na certa ter tido algum contratempo. Como ia ficar sem roupa?

Sônia entrou no quarto.

— Puxa, dormi do jeito que estava, Sônia — me desculpei. — Alguma novidade?

— Não, nada, nada. Acho que a tevê não quer noticiar o fato, pra não prejudicar o andamento das investigações. Fique quietinha aqui em casa. Vou precisar ir até a escola, mas vou com o carro da viatura, mesmo. De lá eu te ligo pra contar as novidades... Espero que pelo menos sejam melhores que as de ontem. A Juliana e o Arthur vão ficar aqui, te fazendo companhia.

Espiei pela janela. O GARRA 1 e o GARRA 2 estavam lá. Precisava todo esse aparato?

— Volto logo — a Sônia avisou. — Mas não vou deixar vocês três aqui sozinhos por muito tempo, por mais GARRADOS que estejam. Meu marido vai comigo. Qualquer coisa, é só pedir para o GARRA chamar. Aqui tem cafezinho fresquinho pra eles. De meia em meia hora eles entram pra ver se está tudo bem. Ah, não se assuste, viu Rosemeire? Há um GARRINHA sentado lá na varanda e um outro no quintal.

Um pouco depois eu entendi o que ela queria dizer com GARRINHA: eram dois policiais, fazendo escolta no duro.

Tentei puxar papo com um deles, pra ver se conseguia saber alguma coisa, sei lá, da minha diretora, dos meninos... Nossa! Eu me esquecera completamente do Hollerith! Alguém precisava soltá-lo. Não me lembrava se tinha deixado ele pra fora ou se tinha trancado o coitado.

Como não consegui arrancar nada dos moços, fui pra dentro.

Arthur ligou a tevê e ficamos vendo um desenho.

Noticiário.

Suspeito no caso do menino morto por overdose. *O Delegado Sandoval acha que está indo rápido nas investigações. A polícia, no entanto, prefere manter sigilo, para que possa dar um andamento mais rápido no caso.*

Sabe-se, entretanto, que a diretora da escola, dona Lurdes Álvaro Mendonza, sofreu um acidente e se encontra também sob a proteção da polícia. Mais informações no próximo "Lá, Acolá, e Já".

Levamos um susto! Bem que eu desconfiava de que algo havia acontecido com a dona Lurdinha!

Enquanto a Sônia não voltava sei lá de onde, fui adiantando o almoço das crianças... Televisão ligada.

Quando a Sônia chegou, aí, sim, recebi notícias:

— Fique calma, mas seu apartamento foi inteiro vasculhado. O Dr. Sandoval nem sabe dizer por quem.

— Vasculhado como?

— Enquanto a dona Lurdinha estava lá pegando suas roupas, alguém entrou e deu uma pancada na cabeça dela.

Pronto. Era o Carlos Jaquetinha, meu vizinho.

Contei tudo pra Sônia, das minhas desconfianças, do modo esquisito dele, da jaqueta, da moto, das conversas, do homem com a cicatriz, do assalto.

— É — ela concordou. — O Dr. Sandoval parece que já está atrás dele. Quanto à dona Lurdinha, parece que já está bem. Está nervosa, mas está bem. O seu apartamento está sendo vigiado. Você vai ter de ficar por aqui mesmo.

— E o Hollerith? — perguntei.

— Qual o problema, Rosemeire? Eu empresto dinheiro pra você, se precisar.

— Não, o gato... — tentei explicar.

— Vamos almoçar, Rose. Depois você descansa... As investigações estão sendo feitas... Depois, se eles levaram o seu *hollerith*, de nada vai adiantar! Não tem o meu endereço!

Paciência. Era tudo o que me restava.

E pensar que o Carlos entrava em casa, cheguei a jantar com ele, cheguei a começar a gostar dele!

Brinquei um pouco com as crianças de tarde. Dormi. Acordei, tomei banho e, mais uma vez, de tudo emprestado, jantei.

O marido da Sônia, muito simpático, tentou me distrair com piadas. Até que conseguiu.

Ligamos a tevê. Nada. Fui pra cama.

Sexta-feira e nada. Sábado e nada. Domingo completamente em branco.

Apenas *flashes* do caso, com informações meio desencontradas.

Quarta-feira e eu já estava desanimada. Resolvi perguntar para os policiais, mais que desanimados, que ainda faziam "plantão" em frente.

Agora eram apenas dois.

— Alguma novidade? — perguntei.

— Olha, moça, o tal Jaqueta e o Jaquetinha, pelo que soube no rádio, foram presos agora de pouco... — respondeu o policial, entre uma mordida no sanduíche de mortadela e um gole de refrigerante. — No flagrante mesmo. Tinham amarrado os três alunos, aqueles da escola de vocês, iam apagar os três... Quer dizer... incendiar. Ia ser queima de arquivo humano... Eles estavam com o corpo todo encharcado de gasolina, os caras são loucos. Iam tacar fogo. Acharam pasta de cocaína no quarto dele, um caderno cheio de nomes e endereços. Sabe que o Jaquetinha morava lá pros lados da senhora, moça?

Eu nem conseguia ficar em pé. Pelo menos, meus dois alunos estavam vivos!

— A senhora ia ser a próxima, moça... — o policial continuou, agora mastigando uma paçoca de amendoim, enquanto o outro, sossegadamente, fazia umas cruzadas. — Sabe a tal Miriam, namorada daquele que escreveu falando do Jaqueta? Eles pegaram ela logo depois de apagar o carinha. Ela acabou contando que achava que só a senhora sabia, por causa de umas tais redações. Foi daí que o Jaqueta e o Jaquetinha usaram a menina de isca pra chegar no esconderijo deles, ameaçando de matar ela se não contasse. Quando encontraram os dois, juntaram com a moça, aí deu três, né dona? Pois é, juntaram eles, amarraram e iam tacar fogo... Feito churrasco!

— Quer dizer que a Miriam serviu de isca pra pegar o namorado? — gaguejei.

— Sabe como é... — respondeu o Cruzadinha. — Ela não tinha saída: ou era isca ou ia ser apagada na hora, virava presunto.

— O que aconteceu no meu apartamento?

— Ah, isso eu não sei não — continuou o Mortadela-refri-paçoca-e-agora-chiclete. — Só sei que a sua chefe foi "apagada" pelo Jaquetinha. Tavam procurando as redações, sabe... Achavam que a senhora sabia de mais coisa.

Agora eu não entendia mais nada.

— E o meu vizinho? O que se chama Carlos? O que aconteceu com ele?

— O Jaquetinha? Não sei o que aconteceu com ele não!

Fiquei aterrorizada. Eu sabia, ele estava envolvido desde o começo. A moto, aquela jaquetinha de couro, o ferro fora de hora...

Enquanto fui dando uma ajeitada na casa, liguei a tevê.

Não deu outra:

Presos em flagrante os dois mais perigosos traficantes de São Paulo, Jaqueta e Jaquetinha, responsáveis pela morte do jovem Valdo, que estudava na Escola Técnica de Segundo Grau... Os três alunos da escola, encontrados em poder dos traficantes, estão sendo medicados e passam bem.

O laudo com o exame das vísceras do aluno Valdo deve ficar pronto em 72 horas, mas tudo indica que ele deve ter morrido por overdose, contra sua própria vontade, pois havia embaixo de suas unhas vestígios de tecido preto, provavelmente por ter lutado com Jaquetinha. A polícia já tem em seu poder os nomes dos traficantes que fazem a rota escolar, como é chamada. Foram encontrados no quarto de Jaqueta dois quilos de cocaína pura e pasta para refinar a droga, além de cinco quilos de crack.

A polícia pede que os diretores de escolas não deixem, em hipótese alguma, que elementos estranhos entrem nas escolas ou que fiquem nos portões.

A tevê, num relance, focalizou o tal Jaqueta e o Jaquetinha. Levei o maior susto de minha vida: nenhum dos dois usava jaqueta e nem era, sem sombra de dúvidas, o meu vizinho. Será que ele seria o Jaquetão ou coisa parecida?

Sônia chegou com dois frangos assados.

— Trouxe novidades! — gritou. — Não estou te mandando embora, não, Rose, mas agora está tudo esclarecido.

— Eu sei, Sônia, eu falei com os policiais e também vi pela tevê.

— Puxa, graças a você... Se não fossem suas redações, os meninos já estariam mortos, junto com a namorada de um deles.

— E o meu vizinho? Que fim levou?

— Não sei. Só sei que foi pra polícia, prestar declarações junto com a dona Lurdinha, pela milésima vez.

— O que aconteceu com ela... Fala! — pedi, na maior aflição.

— Bem, assim que ela entrou no seu apartamento pra pegar sua roupa, deu de cara com o tal Jaquetinha lá dentro, revirando suas coisas. Deu um grito e pulou em cima dele. O cara tava com um canivete, além de um revólver com silenciador. Aí é que entra seu vizinho. Ele ouviu o grito, entrou no apartamento e pulou em cima dos dois. O cara conseguiu escapar e fugiu. Foi a sorte. Ele podia ter apagado, como se diz, tanto uma como o outro. Mas parece que seu vizinho é duro na queda. Levou dona Lurdinha pro pronto-socorro e queria a toda hora ter notícias de você. Depois, evidentemente, acompanhou os policiais até a delegacia para um B.O.

— Quer dizer que ele não...

— Só na sua imaginação, Rose. E que imaginação, hein? Olha, achamos melhor você continuar por aqui. Por via das dúvidas, o delegado vai manter o GARRA aqui em frente. Domingo a gente te leva até o seu apartamento, daremos uma ajeitada na bagunça. Segunda-feira, vida nova.

Concordei. Achei melhor dar uma telefonada para os meus pais, no interior. Não ia contar nada. Não precisavam ficar sabendo agora. Quando fosse pra lá, na próxima semana, contaria com calma. Com certeza, teriam um ataque.

Quinta, sexta, sábado. Passei um fim de semana ótimo, superrelaxante. Falei com Meire, com a diretora, com o delegado, o investigador. Não tinha falado com o Carlos, ainda. Nem sei se ele ia falar comigo depois do roubo dos tênis. Eu havia andado esquisita, desconfiada.

Me despedi de todos, no domingo. A viatura me levou até em casa. Não teve vizinho que não abrisse a porta enquanto eu ia passando. Dei uma conferida em frente à porta do Carlos. Nada. Nem sinal. É... Esse, de agora em diante, ia querer me emprestar um copo de veneno por dia, durante as refeições.

Estava a maior confusão no meu apartamento. Fiquei no maior desânimo: tudo revirado, de pernas pro alto. Não havia uma gaveta no lugar, um papel que não estivesse amassado ou jogado. Minhas roupas, meus livros, minha tevê quebrada. Fiquei até as três horas da manhã salvando o que podia salvar, arrumando as coisas, deixando minha casa com cara de meio casa, pelo menos.

Fiquei chateada. Nada do Hollerith. Teria sido "queima de arquivo"? Gato não mia!...

●

Dia seguinte, três alunos particulares. Rotina total. Tudo estava em seu lugar, menos meu vizinho.

Seu José Carlos, sem querer, matou uma de minhas cismas: "Coitado do cunhado do seu Carlos, tá desempregado... Sabe aquele um, simpático, que tem uma cicatriz no lado direito do rosto?".

É... Andei imaginando muito. Põe muito nisso!

Subi para o apartamento, arrumei minhas coisas, desci sem tempo de almoçar, para poder pegar o ônibus. Ia começar tudo outra vez. Fui comendo um sanduíche de pão de fôrma com queijo. Precisava começar a me alimentar melhor! Mas de que jeito? Com esse contra-cheque mais pra *mixurith*!

Na escola, afora o tumulto do "você soube", "puxa, nossa escola virou notícia", "gente, que horror", "por onde você andou?", "não soube direito das coisas?", "ah, deixa comigo que eu sou bom pra contar", estava tudo quase normal. Ninguém havia percebido nada. Nem dona Lurdes nem Sônia tinham contado sobre as redações. Esperávamos que os três ex-drogados não aparecessem por uns dias. Eles ainda podiam ser alvos de traficantes, principalmente o A.D.A., que ainda tinha muita coisa pra contar à polícia.

Dona Lurdinha me olhou com uma cara sapeca:

— Professor da PUC, alto e forte. Um bom vizinho, viu Rosemeire? Morre de preocupação por você!

Fui para minha classe.

Assim que entrei, passado aquele turbilhão de "gente, a coisa acontecendo aqui na frente", "esses caras têm de pegar perpétua", e outros comentários mais, ouvi um:

— Vamos continuar a redação, professora? Eu faltei na sua primeira aula.

Achei melhor não. Pedi para que abrissem o livro no capítulo XV. Nós tínhamos muita matéria pra estudar.

Assim, continuei minhas aulas, com a janela, o chá, o papo dos amigos. Fiquei pensando no monte de coisas que ainda estava por fazer. Não ia resolver o problema de ninguém, mas ia começar por algo que achava prioritário, pelo menos por enquanto: ia conseguir alguém que desse uma série de palestras sobre acidentes, o uso do capacete, enfim, algo que acordasse a moçada em relação ao uso adequado da moto; ia tentar um vídeo sobre drogas e umas palestras com o pessoal do GAPA. Pediria também uma mãozinha ao professor de Biologia, que já estava fazendo um trabalho ótimo a respeito. Se ele tivesse adesões, por parte de nós, colegas, o trabalho teria um resultado melhor; havia ainda gravidez, falta de informações, a campanha do lixo e tantas, tantas outras coisas. Eu não ia mudar muita coisa, e muita coisa já estava sendo feita pelos outros professores, mas um reforço, um professor a mais, era sempre um novo estímulo.

Ouvi, de um colega, que o que fazíamos já era tão mal remunerado (o trabalho de dar aulas)... E que já estava cansado de chover no molhado. Tudo bem. O salário é assim mesmo: ó... Desse tamanhinho. Mas, se a gente não lutar pra ter escolas melhores, um mínimo de decência (como cestos de lixo, por exemplo), o que nos esperaria no futuro? Nada além do pouco que temos agora.

Na minha última aula, na quinta-feira, assim que fiz a chamada, uma aluna perguntou:

— A senhora tem namorado, dona?

Pronto. Lá vinha o dona, acompanhado do senhora.

Quando já ia dizendo que não, ouvi um barulho de moto bem do lado da janela. Olhei e vi o meu vizinho com aquela sua jaquetinha irritantemente na moda, encostando sua moto no pátio. Sorriu pra mim, assim que me viu, e acenou. Quase caí pra trás quando vi o Hollerith pendurado no pescoço do Carlos. Será que o gato era dele?...

A classe toda olhou pra ele, olhou pra mim, tornou a olhar pra ele. Ele fez uma cara sapequíssima e me jogou um beijo.

— A senhora não respondeu, dona — a aluna continuou.

— Tenho. Tenho, sim.

"Depois da aula de hoje", pensei.

●

Ah... Acho que a ideia da Juliana e do Arthur de escrever um livro é ótima... Só que, por enquanto, tenho um capítulo inteiro com meu namorado, que por sinal é um gato. Acho que eu mereço, certo?

A autora

Quando pequena, nunca pensei que seria escritora. Lá em Marília, Estado de São Paulo, onde eu ia crescendo e pintando o sete, pensava em ser professora, pintora, artista... Mas não escritora. Fui aluna de intercâmbio nos Estados Unidos, cursei a Faculdade de Letras em Marília, lecionei inglês na rede estadual de ensino em Campinas... Achava que era isso mesmo o que eu queria: dar aulas de inglês para crianças e jovens.

Em casa, fazia o que muitos pais curtem fazer: lia histórias para meus três filhos à noite. De ler, passei a inventar algumas também. No dia seguinte, as crianças pediam que eu contasse a história da noite anterior... E foi aí que tudo começou. Com medo de esquecer, passei então a anotar as histórias inventadas, passando-as a limpo sempre que podia – nunca tive uma letra muito bonita! Quando vi, tinha enchido uns dois cadernos bem grossos. Depois de três anos, em 1987, publiquei o primeiro livro e não parei mais.

Em 1989, recebi da APCA – Associação Paulista dos Críticos de Arte o título de "Melhor Autora" com o livro infantil *Mago Bitu Fadolento*, das Edições Loyola.

Bem, acabei deixando as aulas de inglês para ficar com os livros de português, inglês, espanhol, didáticos, paradidáticos... Pois é: quem disse que eu precisava deixar o inglês totalmente?

Escritor é assim: carrega para dentro da história todos os seus sonhos, o que gostaria de fazer, como gostaria que o mundo fosse... E, se não consegue, pelo menos faz todo mundo sonhar junto. E, quando a gente sonha junto, tanta coisa boa pode acontecer, não é mesmo?

Telma

Entrevista

Rosemeire pede a seus alunos que escrevam redações sobre suas férias. Os textos, além de abordar importantes questões próprias do atual universo adolescente, trazem algumas informações "perigosas", que envolvem a jovem professora com o mundo do crime. Que tal ler esta entrevista com a autora Telma Guimarães Castro Andrade e saber mais sobre suas obras e a arte de escrever sobre temas sérios mas com leveza e bom humor?

REDAÇÕES PERIGOSAS, APESAR DE TER UM GRANDE PARENTESCO COM HISTÓRIAS POLICIAIS, FAZ UMA ESPÉCIE DE DENÚNCIA COM RELAÇÃO À SITUAÇÃO DA ESCOLA PÚBLICA, DE SEUS PROFESSORES E ALUNOS. FALE UM POUCO SOBRE SUAS INTENÇÕES AO ESCREVER ESTA OBRA.

• A ideia de escrever *Redações perigosas* surgiu dentro da sala de aula, quando eu ainda lecionava Inglês numa escola estadual de ensino médio. Os alunos estavam muito barulhentos com o reinício das aulas depois das férias de julho. Para acalmá-los, pedi que escrevessem sobre as férias, em português mesmo. À noite, em casa, comecei a ler as redações e levei um susto. Só problemas! Resolvi criar uma história em que uma professora de História pedisse as tais redações. Esqueci aquelas que li e criei outras, para não envolver os meus alunos. E também porque nem todas as redações eram interessantes. Fui me envolvendo com o texto e, no final, achei que a Rosemeire era eu, tão viva ela havia se tornado! Quanto à escola pública, eu a vivi por tantos anos que não poderia deixar de falar sobre sua lamentável situação. Foi uma forma de protestar e tentar encontrar ajuda. Afinal, é com o apoio dos leitores e aquele "arregaçar" de mangas que podemos mudar a vida de uma escola, de uma cidade, de um país!

ROSEMEIRE É UMA PERSONAGEM BASTANTE INTERESSANTE. ELA SE TRANSFORMA AO LONGO DA NARRATIVA, NO QUE SE REFERE AO SEU PAPEL COMO EDUCADORA. FALE UM POUCO SOBRE A CONSTRUÇÃO DESSA PERSONAGEM E O QUE VOCÊ PENSA A RESPEITO DA FUNÇÃO DA ESCOLA E DO PROFESSOR NA SOCIEDADE.

• Em todas as escolas em que lecionei, sempre encontrei professores muito dedicados. Os alunos nem sempre descobriam seu valor. Mesmo nas conversas rápidas, nos intervalos, percebia esses profissionais gabaritados, mas tão mal aproveitados! Numa dessas ocasiões, conheci uma professora de História chamada Therezinha, pós-graduada pela Unicamp. Os alunos achavam suas aulas monótonas. Passei quase uma aula inteira contando a eles sobre a professora, o que eu havia aprendido com ela sobre a revolução de Canudos durante poucos minutos no intervalo. Acredito que possa ter mudado a opinião de alguns. Nem sempre um professor consegue se expressar bem, e cabe aos alunos, às vezes, a tarefa de fazer perguntas, questionar, descobrir seu valor. Pedi alguns livros emprestados a Therezinha e, com essas fontes e um pouco de ficção, construí minha personagem baseando-me nessa professora tão dedicada. A meu ver, o papel da escola é despertar no aluno a vontade de aprender. Ao professor, cabe mediar, observando, articulando, registrando e intervindo durante o processo ensino-aprendizagem.

PROBLEMAS ENFRENTADOS POR ADOLESCENTES: GRAVIDEZ, TRABALHO, DROGAS, DSTS, VIOLÊNCIA, ALGUNS MAIS ESPECÍFICOS DE UMA CLASSE SOCIAL MENOS FAVORECIDA, SÃO APRESENTADOS EM *REDAÇÕES PERIGOSAS*. SUAS EXPERIÊNCIAS PESSOAIS CONTRIBUÍRAM PARA QUE ESSE "RETRATO" DA ADOLESCÊNCIA FOSSE TRAÇADO? COMO?

• Professor é sempre o que socorre, o ombro amigo, o padre, pastor, psicólogo, reparador de corações partidos, uma espécie de "pacificador". Assim, nada mais fiz do que me basear na minha própria experiência de educadora para construir as dificuldades vivenciadas pelas personagens adolescentes desse livro.

ALGUNS ADOLESCENTES TÊM O DESEJO DE SE TORNAR ESCRITORES. QUE CONSELHOS OU RECOMENDAÇÕES VOCÊ DARIA A ESSES JOVENS?

• Ler, ler, ler. Escrever, escrever, escrever. E não desistir, pois o caminho é difícil, e as respostas são, em sua maioria, "Não". Se ficar desanimado, entre no meu *site* (www.telma.com.br) e veja quantos livros publiquei, porque não me dei por vencida um só dia. Ou então me mande um *e-mail* (telma@telma.com.br) e deixe o ânimo comigo: vou encorajá-lo(a) e dar algumas dicas, combinado?

VOCÊ ESCREVEU OUTRAS OBRAS QUE GIRAM EM TORNO DO UNIVERSO ADOLESCENTE. FALE UM POUCO SOBRE ELAS.

• Convivo com adolescentes, falo com eles todos os dias, por *e-mail*, cartas, palestras. Acho que tenho mais contato com essa galera do que com o pessoal da minha idade. Penso que é isso o que me deixa mais jovem, falando a mesma língua que eles no Orkut, no MSN... Tenho tanto a aprender!

SEUS PROJETOS FUTUROS INCLUEM OUTRAS OBRAS DESTINADAS AO PÚBLICO ADOLESCENTE?

• Nunca sei o que vai rolar no dia seguinte. Se vou escrever para crianças, para adolescentes... Depende das coisas que aconteceram no dia, do que eu li, do que pesquisei. Não sei ficar sem escrever um só dia... Se é para crianças ou adolescentes, não importa. O importante é criar!